雪豹と運命の恋人

華藤えれな

Illustration
小椋ムク

B-PRINCE文庫

※本作品の内容はすべてフィクションです。
実在の人物・団体・事件などには一切関係ありません。

CONTENTS

雪豹と運命の恋人

1　雪豹《ゆきひょう》の森

冬の森の王――雪豹の化身サーシャが人間の子供を拾ったのは、その冬、最初のダイヤモンドダストがきらきらと舞い落ちてきた朝だった。

何日も続いていた雪嵐がぴたりとやみ、まばゆい朝の光がロシアの雪の森をきらきらと煌《きら》めかせていた。

「王様、雪がやみましたよ」

従者の言葉をうけ、雪豹の姿のまま、サーシャは寝台から下りて城のテラスに出ると、目を細め、眼下に広がる湖に視線をむけた。

白みがかった黄金色の被毛に小さな斑紋、すぅっと通った鼻筋、それから肉食獣特有の鋭利な眼差《まなざ》し。一般的な雪豹よりも大柄ですらりとした体躯《たいく》をしているため、シルエットだけだとアフリカ大陸にいる豹と間違えられるかもしれない。

「いい天気だな。しばらく晴れ間が続くだろう」

朝の光を浴び、見事なまでに凍った湖が輝いている。ほどよく氷の表面が溶けていることだろう。こういう日はスケートするのにちょうどいい。

テラスから身を翻して雪の地面へと降り立ち、サーシャは湖畔へとむかった。

シンとした雪と氷に包まれたロシアの森に、やわらかな新雪を踏むサーシャのサクサクとした足音だけが淡く響いている。今日は雲も風もない。今朝はよほど冷えこんだのだろう、樹氷に彩られた木々が満開の真っ白な花を咲かせている。

見あげると、頭上からきらきらとダイヤモンドダストが落ちてきた。

コバルトブルーの快晴の空から陽光を反射し、水晶のように煌めきながら降ってくる氷片。

優雅に舞う氷の粒を浴びながら湖畔まで行くと、傍らに建つコテージに入り、サーシャは雪豹から人間の姿に変わった。

「靴の手入れはできているか？」

問いかけると、エッジを研磨していた職人が「はい」と黒い革製の靴を差しだしてくる。

「完璧です。ここのビスが弱っていたので強化しておきました」

「ありがとう」

スケート靴を履くと、サーシャは外に出てエッジカバーをとり、氷の上に一歩踏みだした。

透明な氷の表面が鏡のように、人間になったサーシャの怜悧《れいり》な風貌を映しだしている。

さらりとしたくせのない長めの金髪、光に透けそうなゼニスブルーの双眸《そうぼう》。そしてその身につけている十九世紀くらいのロシア貴族の服装。

存在するだけで周囲をも明るく輝かせるような美貌といわれているサーシャは、冬の女神からロシアの冬の森を支配する権利を与えられた雪豹の化身である。

雪豹の姿をしているときも人間の姿をしているときも、森の帝王としての尊大さ、優雅さを備えてはいる。

だが、サーシャは雪と氷のある季節――冬しか生きることはできない。春から秋まではこの世に存在しないのだ。

そんなサーシャの楽しみは、森の中心にある氷の上でフィギュアスケートをすることだった。

冷たい氷点下の風を切りながら、氷の上をすぅっと疾走していく。

この瞬間がとても好きだ。自分の身体《からだ》とエッジと氷とが一体となり、共鳴しているような快感を得られるのだ。

身体があたたまると、肩からはおっていた毛皮を脱ぎ、サーシャはリンクサイドにいる従者にふわっと投げ渡した。

従者をつとめている三十代後半くらいに見える茶色の髪の男は、人間の格好をしているが、彼もまたユキウサギの化身である。

他にもトナカイ、ヘラジカ、クロテン、リス、キツネ、ライチョウ、フクロウといった動物たちも、サーシャの森の帝国の一員となっていた。

肉食系のアムールトラとホッキョクグマ、それから人間が入ってこないようにこの冬の森の平和と美しさを守るのがサーシャの仕事だった。

「アレクサンドル様、氷はいかがですか？」

白い息を吐きながら従者が問いかけると、サーシャは小さく微笑した。

「ああ、ちょうどいいコンディションだ」

従者たちはサーシャのことを「サーシャ」という愛称ではなく、畏敬の念をこめてアレクサンドルという本名か、或いは「王様」という呼び方をする。

サーシャと気軽に呼んで欲しいと言っているのだが、彼らは「とんでもない」と言う。人間だった時代の従者や召使いたちはともかく、最近仲間に加わった者たちまで。

森の帝王に対して不敬があってはいけないと思いこんでいるのか、或いは人間だったころの主従関係をことさら大切にしているのか。

（私としては、同じ森のなかの生き物同士、心を許してつきあいたいと思うのだが）

うっすらと目を細め、凍った湖の表面についたエッジのあとを見ながら、今度はサーシャのほうから従者に問いかける。

「森のなかはどうだ、なにか変わったことは？」

「いえ、いつもと同じです。一応、今から警備に様子を尋ねてきますが」

いつもと同じ……。

その言葉にサーシャは口元に淡い笑みを浮かべた。

「そうだな、何十年経《た》ってもここは変わらない。不思議なほど同じままだ。永遠に続く退屈で変化のない世界なのだから……」

冬の間、この森はずっと変わらない。いつもとても静かだ。シンとしている。

昼間の数時間だけ明るい太陽に照らされる。だが、一日の大半は夜の帳《とばり》に包まれている。

吹雪以外のときは星々が煌めき、月が明るく輝き、雪明かりの森をきらきらと煌めかせる。

とりわけ冬の女神が顔を出す夜――オーロラが現れるときはとてつもなく美しい。

氷の世界。雪の帝国。

冬の女神の恩恵を受けた者だけが、ここで平和に優雅に暮らすことができるのだ。

そのなかで、サーシャは雪の森の帝王という役目を与えられて君臨しているが、かつて――まだ人間だったころはこの地を治める領主だった。

氷の上を進み、サーシャは目を細め、湖の遥《はる》か下――湖底を確かめた。

金髪、蒼い目、帝政ロシア時代の軍服を着た二十代半ばの、サーシャとうり二つの容姿をした貴族の青年を中心に、従者や使用人たちが昔と変わらない姿のまま凍った湖の底に沈んでいる。

（おはよう……私）

氷の下を見下ろし、サーシャは心のなかで声をかけた。

眠れる森の美女、もとい『眠れる湖の美男』、いや、いっそ『凍った湖の美青年』とでもいえばいいのか——帝政ロシア時代に栄えた貴族の邸宅がそのまま湖底に沈んで凍りつき、湖の底に当時のままの形で残っている。

ロシア革命のとき、サーシャは帝都サンクトペテルブルクを離れ、この森のなかにある邸宅にひそかに身を潜めていた。

潜んでいたといっても、毎年、冬になるたび、ここにある館を訪れ、フィギュアスケートの練習をするのが楽しみだったので、いつもとそう変わらない感覚だったように思う。

当時貴族の若者の間でスケートが流行していた。帝都サンクトペテルブルクでは、サーシャが五歳のときに第一回の世界選手権が行われ、十二歳のときにも行われている。

その大会ではサルコウジャンプを考案したサルコウが優勝し、間近で見学しながら、いつか自分もあんなふうに跳んでみたいと思い、フィギュアスケートを始めたのだ。

その後、スケートリンクで知りあった東洋人と親しくなり、恋に落ちたが、革命が起こり、スケートが自由にできなくなってしまった。

そして彼を逃がしたことがきっかけで革命軍に居場所がばれ、サーシャも使用人たちも全員殺害され、森ごと邸宅を燃やされたのだ。

そのとき、この森の自然をずっと守ってきたサーシャへの感謝とその美しさとスケートの技術を惜しむ気持ちから、冬の女神は吹雪によって火を消し止め、サーシャたちを黄泉《よみ》の国に送らず、湖の底に封じこめてしまったのだ。

『サーシャ、あなたの肉体は湖底で凍ったままですが、代わりに冬の間だけ、魂はこの森の帝王——雪豹と融合し、自由に動けるようにしてあげましょう。この森には番人が必要ですからね。雪豹の化身となり、この森の帝王となりなさい』

この森の平和と、犠牲にした者たちの魂を守りながら、冬の間だけ雪豹の化身として生き、スケートを続ける——それがサーシャに与えられた贖罪《しょくざい》、或《あ》るいは使命なのか。

(あのとき、この森から逃げられたのは、私の恋人だけ。だが、そのせいで使用人たちを犠牲にしてしまった。……私の罪は重い)

昼間はそれぞれが森の動物の化身となりながら、夜になると、森のなかにある氷の城で、昔ながらの暮らしを続けている。

けれどそれぞれの本体は、凍った湖の底に沈んでいるのだ。

(そう、私たちの時間はまだ続いている、不思議な生き物と成り果てて、冬の世界のなかで)

目をこらして湖底を覗《のぞ》いてみると、冬の間、晴れた日だけはまばゆい光を受け、氷柱花《ひょうちゅうか》のように往時の美しい姿が氷のむこうから透けて見える。

その美しき氷の世界、美しき死者たちの湖底の世界を見守り、冬の森の美しさと平和をずっと守っていくのが、領主たるサーシャの役目となっていた。

(雪豹の化身ね……。別に……獣として生きるのも悪くはないけど)

いつまでこの役目を担えばいいのかわからない。

使用人や従者、親戚一同、今では全員が自分たちは死者だと気づきながらも、それぞれが同じく冬の動物の化身となって、地上にある氷の城で暮らしている。

ただひとつ、サーシャが雪豹ではなく人間の姿をしているとき、氷の上以外の場所では、触れた生き物がそのまますべて凍ってしまうということだけが厄介だった。

それでもこの森のなかにさえいれば、雪の季節だけ平和に楽しく暮らしていける。

自分の気の向くまま、雪豹になったり、人間に姿を変えたりして。

そして長い極北の冬が終わり、雪が溶ける最後の夜、冬の女神が見守るなか、全員でアイスショーをひらき、翌年もまたここで暮らせることを約束してもらうのだ。

アイスショーで彼女を感動させられた者だけが、ひとつ、願いを叶《かな》えてもらえる。

毎年毎年、彼女の言葉はいつも同じ。

『今年も感動的なアイスショーをありがとう。一人ずつ望みを言いなさい。雪が解ける前に、それぞれの願いをひとつだけ叶えてあげましょう』

サーシャたちの答えもいつも変わらない。

『願いはひとつ。次の冬も、この森で生きていけますように』

それ以外の願いを念じてもひとつだけなら叶えてもらえる。そのうち、この暮らしに飽きたら『永遠の消滅』を頼もうと考えてはいるが、今は別に困ったことも不自由もなく、悪いこともないのでこの世にとどまっている。

冬だけしか生きていられなくても、フィギュアスケートができるので満足している。生前、オリンピックを目指して選手になろうとしていたのだから。

ただその当時は氷の上に図形を描くのがメインで、あとは一回転ジャンプや軽いスピンくらいで充分だった。

けれどそれから百年。リアルな人間社会では技術がどんどん進化し、四回転ジャンプまで跳ぶような者が増えてきた。

あるときふいに生命《いのち》がある間に技術を極めてみたいという気持ちになり、サーシャは、このところ、週に一度だけ森を抜けだし、森の近くにあるスケートクラブで秘密裏にジャンプ技術を学んでいた。

週に一度、一晩だけなら森の外に出てもいい、その代わり最高の技術を身につけるようにと冬の女神が許可してくれたからだ。ただし、一切、身元を明かさないことと必要以上に人間とコンタクトをとらないということを条件に。

『私は家庭の事情と先天性の病気のため、選手としては活躍できない。それでもどうしてもフィギュアスケートが好きなので極秘で習いたい』

そう説明してスケートクラブに所属するドミトリーというコーチとコンタクトをとり、サーシャは邸宅にあった宝石を売って金にし、真夜中、スケートリンクを貸し切りにして、コーチレッスンを受けることにした。

『アレクサンドル、きみの技術なら世界クラスの大会で優勝するのも可能だ。どうだ、本格的に選手登録しないか』

何度もドミトリーに誘われたが、もちろん断るしかなかった。

『それは無理です。先天性の病気なんです。そのため、太陽にあたることもできませんし、他者と触れあうこともできないのです』

そう言ってごまかし、スケートを習っていたが、さすがに最近になって彼から『好きだ』と言われて困っていた。

（そろそろレッスンも潮時だろう。技術は殆《ほとん》ど身につけたし、年をとらないことがばれても困るし、詮索するなと言っても、ドミトリーは私についてくわしく知りたがっている）

人間社会にこの雪の森の存在が知られてはいけない。それがルールだ。

「さて、スケートの練習をするか」

天然のリンクの真ん中にむかおうとしたとき、従者が血相を変えて声をかけてきた。

白い息を吐き、分厚いコートを着た姿で。

「――アレクサンドル様、大変です。小さな子供が迷いこんできました」

「何だと」

目を細めると、湖の対岸にうっすらと人の影のようなものが見える。

「わかった、確かめてこよう」

「お待ちください。なにかあっては困りますので、アレクサンドル様はここに。私どもがすぐに捕らえてきます」

森に迷いこんできた者がいれば、冬の女神の命令で湖の底に沈めて仲間にする約束になっている。人間社会に知られ、この森の平和が少しでも乱されることを彼女は怖《おそ》れているのだ。

この森の平和と美を護《まも》ること、誰にも知られないようにすること。この森の存在を知った人間はすべて凍らせてしまうこと。それが冬の女神から与えられたサーシャの役目でもあった。

しばらくすると従者たちが小さな子供を連れてもどってきた。

「捕まえてきました、どうぞアレクサンドル様」

毛皮のついたフードつきの白っぽいダッフルコートに、内側に毛皮を張った茶色のブーツを履いた東洋人の子供だった。真っ黒な髪、くりくりとした大きな目、それからつぶらな唇。

まだ小学校前くらいだろうか。手袋をした手の先には小さなスケート靴。本格的な競技用の靴だった。湖に滑りにきたのかもしれない。

ぷっくりとした赤いほお、前髪が凍ったようになっている。よほど寒かったのだろう。歯の根が合わない様子だ。

彼はサーシャの顔を見るなり、ぱっとうれしそうに破顔した。

「わあっ！　見つけた、やっと見つけた、ここにいたんだ！」

白い息を吐きながら微笑し、綺麗な発音のロシア語で言う。

最初は中国人か日本人かと思った。だがロシア人なのだろうか。この国は広い。多種多様な民族がいるので、顔立ちが東洋系だとしても不思議はない。シベリア方面か、或いはカザフスタンやウズベキスタンの国境沿いのあたり出身か。

「見つけたというのは……どういうことだ？」

「俺、ドミトリー先生のところで、おにいさんのこと見かけたんだ。とっても綺麗なジャンプを跳んでた。すごいなって憧れて」

「……それであとをつけてきたのか？」

「うん」

サーシャは眉をひそめた。

スケートクラブがあるのは、サンクトペテルブルク郊外だ。

この森の入り口からどんなに車を飛ばしても三時間以上はかかる。さらにこの森の入り口から湖のあるここまでくるのに、車を使ったとしてもやはり最低でも一時間はかかるだろう。

サーシャは雪豹の姿にもどり、森のなかの早道を駆け抜けてくるので何とかなるが、それでも二、三時間はかかってしまう。そんな距離をこんな小さな子供が自力でやってこられるわけがない。ましてや、この極寒の季節に。しかもここまであとをつけてきたのだとすれば、雪豹の姿になったサーシャを目撃してしまったことになる。

「で、どうやってここまできたんだ」

「うん、あのね、ドミトリー先生の車で。俺は、車の後ろの席に潜りこんでたんだけど、途中、ネヴァ河の橋のところで車がスリップして橋に当たって……俺、外に放りだされて。それで気がついたら、大きな雪豹に助けられていたんだ」

サーシャは目を細めた。

すーっと脳のなかに、その光景が浮かびあがってくる。

冬の女神の特殊な力も加わり、凍っている場所で起きていることならば、自分が見たいと思ったものの残像を、脳のなかで見ることが可能なのだ。

車から投げだされ、凍った河の上に落ちてくる小さな男の子。事故の衝撃で意識を失ってしまったその男の子を、雪豹が飛びあがって口に銜《くわ》え、そのままこの森に入ってくる。

サーシャとは別の雪豹——コンスタンチン。彼はこの森に巣くう魔物だ。かつてはサーシャ同様に冬の女神から愛され、雪豹の帝王としてこの森を支配していたが、彼女の怒りを買ったあと、冬の森をさまよう雪豹の亡霊となってしまったとか。

(コンスタンチンが……ここに連れてきたのか)

では、サーシャへの罠《わな》か。雪豹のコンスタンチンはサーシャにとって代わることを考えている。

だがじかに攻撃はしむけてこない。雪豹同士が戦えば、互いに致命傷を受けてしまう恐れもあり、さらには従者たちに囲まれているので、サーシャはともかく、一匹で暮らしている彼が

じかになにかしてくることはない。

その代わり、サーシャの目を盗んで、いつもこちらが困るようなことをしかけてくる。とくにひどいのは、サーシャが目を離したすきに、草食動物の化身となっている従者や召使いたちに攻撃をしかけてくることだ。

「あの……おにいさん……怖い顔をしてるけど、俺がここにきたから怒ってるの？」

「え……」

むずかしい顔で考えこんでいるサーシャを不思議に思ったのだろう。男の子は困ったような顔でじっとこちらを見つめてきた。

「おにいさんも雪豹なんだよね。俺、見たんだ、変身するところ」

「驚かないのか」

「えっ、何で？」

「何でって……人間が雪豹だなんて、不思議な現象じゃないか」

「そうかな。かっこいいなと思ったけど。俺、ロシアのお伽噺《とぎばなし》で『雪豹の王さまと冬の森』というのが好きなんだけど、おにいさん、あの童話のなかの雪豹の王さまなんだよね？」

「私が？」

そうか、まだ不思議な現象を驚いたり怖がったりする年齢ではないのか。

或いは、絵本のなかの物語を本物だと信じこんでしまう夢見がちな性格なのか。それともただ単にバカなのか。

「やっぱり怒ってるんだ、変身するとこ、見たから」

「いや、そんなことで怒ったりしないよ」

怒ってはいないが、困ってはいる。果たして、この子をどうすべきか。成人にその姿を見られたのなら、たちまち氷にして息の根を止めてしまわなければならないが、彼はまだ十歳にも満たないような子供だ。

雪豹から変身する人間がいても、たいして驚きもしないくらいの。

だから『これは夢だった』と思いこませ、冬が終わる前にそっとそのまま元の世界にもどすこともできなくはない。

「名前は?」

「リョーガ」

聞き慣れない名前だった。ロシアにはない名前だ。

「変な名前だな。ロシアの人間ではないな? 漢字の名前なのか?」

「うん、漢字は、凌河《りょうが》って書くんだよ。意味はね……ええっと……何だったかな」

小首をかしげている姿が愛らしい。素直そうだが、ちょっと天然が入っていそうなところがおもしろい。

「今、幾つだ?」

自分の身体から毛皮のコートを脱ぎ、彼にかけてやるとサーシャは慇懃《いんぎん》に尋ねた。

「ありがとう。あ、俺、九歳になったばかりなんだ」

九歳……。年よりは幼く見える。サーシャのコートにすっぽりと包まれ、ぶかぶかのコートを着ているとよけいに愛らしくなってくる。おりしも頭上からはふわふわとダイヤモンドダストが降り落ち、朝の光に煌めきながら凍った湖面に落ちていく。

「どこの国の人間だ?」

「日本。お父さん、日本の領事館で働いてるんだ」

「では、大使なのか」

「そう。それで、お父さんの友達のドミトリー先生に誘われてスケートを始めたんだ。最初は習うつもりなかったけど、おにいさんが練習をしている姿をこっそり見てから、俺もスケートしたいと思うようになって」

「悪い子だ。私のスケートを盗み見たのか」

サーシャは苦笑した。

「ごめんなさい、ドミトリー先生に、レッスンのあと送ってあげるからロッカールームで待ってろって言われたんだけど、おにいさんがあまりに綺麗だから、つい。でも秘密のレッスンだって言ってたから……俺、おにいさんのこと、誰にも言ってないよ」

肩をすくめ、もうしわけなさそうに言う姿にサーシャは苦笑した。

「わかった、それならもういい。これからも誰かに言っちゃだめだよ」

「うん、約束する」

やはり潮時だと思った。もう人間社会でスケートを習うような危険な真似《まね》はやめなければ。これ以上、森の外の世界と交流を持つと、この世界の平和が崩れてしまう。

もうスケーターとしては充分な技術を手に入れた。今、自分がオリンピックに出たら、間違いなくチャンピオンになるくらいに。だからこれ以上、習わなくてもいい。自分で鍛錬していけばいい。この先、どのくらいここで暮らしていくかわからないが。

「おにいさん、スケートの選手なの？」

「いや、スケートは単なる遊びだ」

「えーっ、もったいない、おにいさんなら絶対に金メダルとれるのに」

「ああ、わかってる」

「なのに、スケートは遊びなの？　どうして？　俺、おにいさんみたいにかっこよく、それから綺麗に滑りたくて、一年前から本格的にスケートを始めたんだ。なのにどうしておにいさんは選手にならないの？」

まっすぐな目で問いかけてくる。

さすがにこの男の子を凍らせるのはしのびない。早々に森から返したいのだが、コンスタンチンがこのあたりにいるとすれば、サーシャがこの子を送るために森の外れにむかうと、たちまち従者たちに襲いかかる怖れがある。

（あいつがここから離れたすきを狙うか、或いはあいつがこられないような吹雪のときでも選ばなければ……）

今すぐ、この子を森の外に連れていくのは無理だ。

早く殺して凍らせろと、冬の女神の怒りを買うかもしれないが、幸いにもこの子はスケートを習っている。この子もアイスショーに出させて、そのあと仲間にするから生かしておきたいと説得すれば何とかなるかもしれない。

「スケート選手になるのが夢なのか？」

「うん、俺、スケート選手になりたいなと思うようになった」

「そうか……それは楽しみだな」

「俺、おにいさんみたいな綺麗なスケートがしたい。だからスケート選手になる。一年前、おにいさんが滑っているのを見て、びっくりした。見ているだけで、きゅーっと胸が痛くなったんだ。俺、おにいさんみたいに滑りたい」

「私みたいになりたければ、根気と根性と時間と才能と美貌がいるぞ」

腕を組み、サーシャはわざと尊大に言った。

「俺、がんばる。だからおにいさんもオリンピックで金メダルとって！」

「それは無理だ。私はオリンピックには出られない」

「えーっ、もったいない、おにいさん、絶対、金メダルとれるのに！」

凌河の声が大きく反響する。

「当然だ、私にできないことはない。だが、最初から勝つのをわかっている勝負に参加しても面白くも何ともないだろう」

そもそも自分は死者だ。本体はこの湖の下に沈んでいる。

スケートを滑っている肉体も人間のものではない、この雪の森の帝王、雪豹の化身なのだと伝えるわけにはいかない。選手になってオリンピックを目指すどころか、冬以外は生きている人間の前でスケートを披露することすら不可能だというのに。

「えええーっ、そうなんだ？　俺なんて、もっともっと上手になって、大きくなっておにいさんみたいに滑れるようになったら、やっぱりオリンピックに出たいなって思うけど」

「オリンピックに出るだけでいいのか？」

片眉をあげ、サーシャは問いかけた。

「ううん、いっぱいいい演技をして、俺、金メダルとりたい」

屈託のない笑顔で言う凌河という少年の無邪気さが愛らしいと思った。やはり元の世界にもどしてやりたい。このまま黄泉の国にやるのはしのびない。

「オリンピックで金メダルか。いい夢だ。夢は大きなほうがいい。それまで私の名をおぼえておいてくれ。私はサーシャ」

「サーシャ？　アレクサンドルさまではなく？　まわりの人、そう呼んでたけど。ドミトリー先生もアレクサンドルって」

「確かに本名はアレクサンドルというが、サーシャという相性で呼ばれるほうが好きなんだ。親しい人間はみんなそう呼んでいた」

ロシア革命の前に亡くなった両親、早逝した弟、学校の友人たち、そしてたった一人、愛した相手――この子と同じ日本出身の恋人。すべて遠い昔に亡くなった懐かしい人々だ。

「サーシャ……そう呼んでくれ」

「わかった、サーシャさまって呼ぶよ、サーシャさま、サーシャさま」

ほほえむ彼の、ぷっくりとしたほおをつつき、キスしたい衝動が湧いてきた。

「アレクサンドル様、良いのですか、人間の子とそんなに親しくされて」

従者が心配そうに耳打ちしてくる。

「大丈夫だ。春までにこの子を元の世界にもどそう。それまでフィギュアスケートを教えてやる。それなら冬の女神も文句は言うまい」

「ですが、それでは……」

「春の気配を感じたら境界線の外に出す。それでいいだろう」

「しかしそれではアレクサンドル様が冬の女神のお叱りを受けてしまうことに。どんな恐ろしいことになるかと思うと」

冬の女神の怒りを買うと、湖の底に沈んだ肉体を消滅させられるのだが。

「それでもいい。永遠に続く時間にも飽きてきたことだし」

「そんな……」

従者が困った様子で上目遣いにサーシャを見あげる。

「冗談だ、安心しろ、破滅的な気持ちになっているわけではない」

「はあ」

「冬の女神は、美しいものが大好きだ。とくにフィギュアスケートには目がない。だから心配は無用だ」

サーシャは手を伸ばして、凌河の小さな身体を抱きあげた。

「さあ、一緒にスケートをしよう」

触れた者をすべて凍らせてしまうサーシャの手。しかし氷の上にいるときだけ、相手を凍らせることはない。氷の上ならば凍った生物を溶かすことも可能だ。

腕に抱きながら、凍った湖を進んでいく。

「すごいすごいっ、サーシャさま、すごいスピードだ」

大きな目を見ひらき、ほおを赤く染め、きらきらとした目であたりを見まわしている。

あまりにうれしそうにしているので、そのあと休憩を入れずにサーシャは早速スケートを教えることにした。

「本格的に習い始めて一年だったな。準備運動をしたあと、おまえのスケーティングを見せてくれ。フォア（前）とバックのクロスを使って湖を何周か回るだけでいいから」

毛皮のコートを肩に軽くはおり、凌河に氷の中央に行くように促す。

「はい」

凌河は軽くストレッチをしたあと、靴を履き、氷の上を滑走し始めた。一歩、二歩……と、彼が氷を蹴り、足を交差させてクロススケーティングで湖の上をまわっていく。

（これは……）

ドミトリーをコーチにしてスケートを習っているようだが、かなりの才能の持ち主のようだ。姿勢、足の角度、それから氷のつかみ方、どれをとってもすばらしいセンスをしている。

「凌河、バックのとき、もう少し左足に長く乗ってみろ。氷の音を立てずに」

「はい」

「エッジで氷を削るな」

「はい」

人工のリンクと違い、天然の氷のリンクはどうしても氷の粒子が粗い。そのため、ふだんよりも音が大きくなり、氷が削れやすい。だが凌河は一度注意すると、すぐに修正して、次からは音を立てず、氷も削らないようになっている。

「凌河、クロスをするとき、氷を見るな。自分ではうまくできているように感じても、見ているほうからすればみっともない姿勢だ」

「は、はい」

さっと凌河が顔をあげて、進んでいく。

「そう、そんなふうにまっすぐ前を見るところから始めて、徐々に目線をあげていけ。観客席を見ているつもりで、森と空の境界線のあたりに視線をおいて滑ってみろ」

「はい」

さっきよりも目線をあげ、滑らかな美しいフォームで滑っていく。今度も同じだ。一度の注意だけで自分のものにしてしまう素直さ。スケーティングのセンスがいいというのもあるが、選手としての集中力に優れているということだ。

「ではスケーティングはそこまでにしよう。明るい時間帯は少ない。短い時間で効率的にレッスンしなければこのあたりはすぐに暗くなってしまう」

「ライトはないの？　俺、夜のスケートリンク好きだけど」

「天然の月や星、オーロラといったライトはあって美しいが、夜はさすがに寒い。次にいこう。ジャンプはどこまでマスターしている？」

「この前、二回転半に成功したよ」

「ではそこまで見せてくれ。全種類、順番に」

「はい」

最初は、半回転のスリージャンプから始まり、一回転のサルコウ、トゥループ、ループ、フリップ、ルッツ、そして一回転半のアクセルジャンプを跳んだあと、今度はそれをすべて二回転にして跳んでいく。

バネもある。ひざや足首が柔軟で、筋力もしっかりしている。

「俺、どのくらいジャンプが跳べるようになる?」

真摯な眼差しで問われ、サーシャは淡い笑みを浮かべた。

「おまえなら、四回転のルッツまで行けるだろう。ただし着地に問題がある。流れのあるジャンプをしてるのに、着地でスピードを止めるくせがあるようだな」

「どうしても足首やひざがぐらぐらして」

「ああ、それはひざと足首の関節がやわらかいので、安定した感覚がつかめないんだ。無理して踏ん張ると怪我《けが》を誘発しかねない。もっと軽く飛びあがって、自然に着地ができるようにしないと。一度、私が見本を見せる。しっかり見ておけ」

サーシャはさっと毛皮のコートを脱いで、凌河に投げ渡すと湖の中央へと出た。スピードをあげて加速して、そのまま一気に跳ぶ。

「わあ、すご……」

呆然《ぼうぜん》とした顔で凌河は手からサーシャの毛皮を落としていた。

続けて三回転のサルコウ、ループ、フリップ、ルッツ、アクセル……と難易度の低いものから順番に跳び、最後に四回転を跳んだ。すべて完璧にして、手本になるように。踏切時のエッジの傾き加減、スピード、それから高さ、飛距離……と。

凌河だけでなく、従者や使用人までもが、湖畔に立ち、見惚《みほ》れるような眼差しでサーシャのジャンプを見ていた。

「じゃあ、おまえもやってみろ」

「はいっ」

感動したような顔で笑みを見せ、凌河はリンクの中央にむかった。サーシャが跳んだときと同じように、スピードをあげて加速し、ふわっと三回転のトゥループを跳んでみせる。

「完璧だ、今の感覚を忘れるな」

「よかった、ありがとう」

見たままのことを再生することができる。その素直さ、身体能力の潜在的な高さ。オリンピックで金メダルをとれるかどうかは、今後のトレーニングとメンタル次第といったところか。

「おまえには天性の才能があるようだな。だが、一番の才能はスケートが好きかどうかということだと思う。スケートは好きか？」

「うん、大好き」

彼もふわりと笑顔をむけた。

「どんなに辛《つら》いことがあっても続けていけるか？」

問いかけると、一瞬、凌河はきょとんとした顔になった。

「辛いことって?」

「スケートをやめたくなるようなことだ。この先、もうスケートをしたくない、二度と氷の上に立ちたくないと思うことだってあるはずだから」

「そんなことないよ。俺、サーシャさまみたいになるまで絶対にがんばるから」

「今はそうかもしれないが、この先、選手生活を続けていくとそういうことが出てこないともかぎらない」

「なっても、がんばるよ。続けていく」

「じゃあ私と約束してくれ。オリンピックの金メダルを目指してスケートをやると」

「サーシャさまと約束?」

「そうだ、どんなに離れていても、私は氷の上の出来事なら、見たいと思ったときに、見たいと思ったものだけを自由に見ることができるのだ。だからおまえがスケートをしている姿を見守ることができる」

意味が理解できたのか否か。だが、凌河は笑顔でうなずいた。

「うん、約束する。俺、がんばる」

「では、そのときのために、明日からしばらくスケートを教えてやろう」

「本当に? 俺にスケートを教えてくれるの?」

「ああ、その代わり、ここで見たこと、経験したことは……絶対に口にしてはいけないよ。誰かに言ったら、私もこの森もこの世界から消えてしまうから」

「え……本当に？」

「ああ」

「わかった、誰にも言わない。でも……じゃあ、俺、この森の外に出たら、二度とサーシャさまに会えなくなるの？」

「ああ、そういうことになるな」

「やだ……そんなのやだ……俺……それじゃあ、がんばれないかもしれない」

凌河が目に涙をため、ほおに大粒の涙を流していく。しかし空気の冷たさのせいですぐにその涙が氷となり、太陽の光を反射しながら宝石のように煌めいて氷の上に落ちていった。

「今、がんばるって約束したじゃないか」

「でもでも……やっぱりがんばれないよ……だって……俺、サーシャさまと会いたくてスケートがしたいって思ったのに」

泣きじゃくりながら凌河が鼻をすする。そのままでは鼻水が凍るぞと注意する前に、すでに凍ってしまって鼻もすすれないまま、ひくひくと凌河が嗚咽《おえつ》を漏らす。

（私と会いたくて……か）

昔、同じようなことを誰かに言われた気がする。あれはロシア革命のときだ。

『サーシャさま、スケートを続けてください。俺も続けますから。あなたに会いたいという気持ちで続けます。どんなに離れても、どんなに国と国が争っても……でもスケートを続けていたら……きっとオリンピックで再会できると信じて』

黒々とした眸《ひとみ》から大きな涙を流し、吹雪のなか、去って行く橇《そり》の手すりにしがみつき、最後に振り絞るように言った男――ただ一人、愛した男の最後の言葉が、今、凌河の言った言葉とシンクロし、痛みともくるおしさともわからない切ない感覚が胸の底で疼《うず》き始める。もう百年前に封印したはずの、他者へのどうしようもない愛《いと》しさ。

まだ自分にこんな感情があったのか。他者を想《おも》う気持ちが。

サーシャは湧いてくる感情のまま、やわらかな笑みを凌河にむけた。

「わかった、では約束しよう。オリンピックで金メダルをとることができたら、私のほうからおまえに会いに行こう」

「本当に？　本当にまた会えるの？」

ぱっと凌河が大きく目を見ひらく。

「ああ、ただし金メダルをとったときだけだ」

抱きしめることはできないが、会いに行くことは可能だ。

「アレクサンドル様……そのようなお約束は」

心配そうな顔をして、従者が再び耳打ちしてくる。

「いいから、私を信じて、そこに控えていろ」

「は、はい」

従者が一歩さがると、サーシャはそこが氷の上かどうかを確かめたあと、凍った涙が落ちていった凌河のほおに手を伸ばした。

「約束する。おまえが金メダルをとったときに会いに行く。だからそれまでずっとスケートを続けるんだ、いいな?」

「うん、約束する」

元気に言う凌河の笑顔があまりに愛らしく、サーシャはそっと彼の唇にキスをした。

軽く触れあわせるだけのロシア式の挨拶のキス。

ふんわりとしたやわらかな口元。一瞬、火がついたような熱さを感じたが、すぐに胸の底が甘く疼くようなあたたかさへと変化していた。

もう何年も人間の唇に触れていなかったせいだろうか。

なつかしさを喚起するような優しさ、過去の記憶が次々と堰《せき》をきったようにあふれてきて、不思議な気持ちでサーシャは目を細めた。

脳裏に浮かびあがる過去の自分。耳に刻まれた彼の声。一瞬にして、人間だったとき、激しく愛した相手との最後の別れの光景が脳の奥に甦《よみがえ》ってきた。

それと同時に、そのときに感じた胸が引き裂かれるような想いも。

『サーシャさま、あなたが好きです』

そう言った彼の背をひきよせて抱きしめた。抱きしめても抱きしめても抱きしめたりない。愛しくてどうしようもない。百年前に抱いていた感情をまるで昨日のことのように鮮やかに思いだす。ずっと忘れていたのに。もう遠い過去のことだと思っていたのに。

許されない恋だった。スケートを通じて親しくなり、それぞれの夢を語り、平和になった世界で美しいスケートができれば……とそんなことを囁《ささや》きながら、気がつけば、この森のなかにあった館の一室で、永遠の愛を誓うかのように互いの肉体をひとつにつないでいた。

そのときの彼の体温、体内の熱さ。もう決して味わうことがないと思っていたその熱さと同じものが、今、凌河の唇からサーシャのなかにどっと勢いよく流れこんできたのだ。

なぜ急にそんな想いが甦ってきたのか。

サーシャは凌河の肩をつかみ、もう一度、そっと唇を重ねた。

また、だ。ちくっと胸が突き刺されるような痛みと同時に、百年前の感情が次々と胸の奥から甦り、苦しくなってきた。

サーシャはじっと凌河を見つめた。黒々としたつぶらな眸。くっきりとした目鼻立ち。成人すればさぞ美しい風貌になるだろう。きっと昔、愛した彼のように。

(そうか……この子の魂は……)

自分が人間だったころ、この子の魂に出会っていた。

この子は……彼だ。

『サーシャさま……絶対に、スケートリンクで、そう、いつかオリンピックで再会を……』

最後に耳に響いた悲痛な声。あの声の持ち主が生まれ変わってここにいる。それがはっきりとわかり、抱き寄せ、くるおしくくちづけしたい衝動が突きあがってきた。

(まさか……おまえは……)

問いかけたい。抱きしめたい。キスしたい。だが、もちろん心の底で押しとどめる。

今のこの子はそのときのことなど覚えていないのだから。

だからこそ、雪豹のコンスタンチンはこの子をここに連れてきたのだ。

サーシャの記憶を呼び覚まし、人間であったころの記憶を甦らせ、ここで生きていくことが辛くなるように。孤独と長い時間に耐えられなくなるように。

(コンスタンチンの罠か……)

サーシャは自嘲気味に笑った。

「サーシャさま?」

小首をかしげる凌河。黒々としたその双眸を見ていると、彼が生まれ変わる前、前世に会ったときの記憶が甦ってくる。

(いけない、思い出してはいけない)

覚えているのは自分だけ。凌河は凌河としての新しい人生を、今、生きているのだから。

自分のなかでそう言い聞かせると、サーシャは尊大に笑みを浮かべた。

「凌河、では、今からプログラムをひとつ、おまえにプレゼントする。いつかオリンピックで滑ってくれ」

サーシャが従者に合図を送ると、ちょうど陽《ひ》が暮れ始め、薄暮のなかに包まれようとしていた雪の森の上空に星が瞬き始め、きらきらとした天然のイルミネーションに包まれていく。

金や銀、赤や青、緑の星々が明滅するたび、そのあざやかな天然の光が湖面の氷を照らしだし、その中央で、凌河は夢のなかにいるような顔であたりを見まわした。

「わあっ、すごい、クリスマスみたい」

「おまえのためのアイスショーだ」

真夜中の遊園地のように光が満ちあふれた湖に、ロシアンワルツが流れ始める。

甘く切なく、それでいてメランコリックなチャイコフスキーの『センチメンタルワルツ』。

凌河の手をとり、サーシャはワルツのステップを踏んだ。

くるくるとまわると、光の雫《しずく》がサーシャのまわりに降り落ちてくる。

彼はおぼえているだろうか。かつてここで同じようにワルツを踊ったことを。

オーロラが煌めく夜、森全体が凍りつくなか、いつまでもいつまでもふたりでスケート靴を履いて氷の上で踊っていた切ない時間を。

（いや、おぼえているわけはない）

おぼえていなくていい。おぼえている必要などないのだから。

『サーシャさま、サーシャさま』

そのときの彼の声。どれほど愛しかったか、どれほど激しく愛したか。

彼ゆえに死に、彼ゆえにこの地で凍り続けることになった運命の相手――。

人気のない夕刻の湖面に、スケート靴が氷を削る音が響いていく。
ザ、ザ、ザ、ザ……と、『センチメンタルワルツ』の、気だるくもメランコリックな三拍子のリズムに乗って。
雪をまとった針葉樹の森の頭上からいつしか月明かりが降りそそぎ、湖にできたアイスリンクを青白く染めている。

貴族の若者だった自分と、領事館に勤務していた日本人青年だった凌河。

(思いだしてはいけない、忘れなければ。ずっと忘れてきたのだから)

己にそう言い聞かせると、サーシャは頭のなかでこれからのことを考えていた。

次の雪が降る前に、人間の社会に返さなければ。そのために、自分がなにをなすべきなのかを。

2　挫折

きらきらとダイヤモンドダストが煌めいている極北の雪の森だった。

凌河の耳に聞こえてくるのは、チャイコフスキーの『センチメンタルワルツ』。

あたりには樹氷に覆われた木々が立ち並び、そのむこうに凍った湖が見える。

あれは、一体どこだったのだろう。

氷の上に立っている長身の男。頭上からきらきらと降り落ちてくる氷片――ダイヤモンドダストを背に、金色の髪がさらさらと風になびき、この世のものとは思えないほど美しい男性だった。サーシャと名乗った彼は、スケートを習っていた凌河に、三回転ジャンプが跳べるように教えてくれたあと、さらにどうすればもっと優雅に、どうすればもっと美しく滑れるのかを教えてくれた。

「さよなら、かわいい凌河。そろそろ雪が溶ける。もうお別れだ。おまえがオリンピックで金メダルをとるのを楽しみにしているよ。その姿を見ているから」

「やだ、ずっと一緒にいて。俺、サーシャさまと離れたくない」

「私たちが一緒にいることはできないんだ。でもオリンピックでおまえが金メダルをとったら、会いに行くから」

「金メダルをとったら？」

「そう、私にその演技を見せてくれ。そのときまで、短い別れだ。ただし再会したければ、私のことは誰にも言わないでくれ。言うと、二度と会えなくなる」

「言わない、絶対に言わないよ」

「いい子だ、では、また。ずっと応援してるよ」

サーシャが背をむけた瞬間、姿が消えたかと思うと、ふわりと大きな雪豹が現れた。

ふりむいてこちらを一瞥《いちべつ》したあと、雪の森へ消えていった。

神々しいほどの優雅さを備えた美しい雪豹。

サーシャは雪豹の化身――だから一緒には生きていけない。

「待って、おいていかないでっ！」

おいていかないで、おいていかないで、おいていかないで。

幼い凌河の声がこだまとなり、純白の森に響き渡っていく。

そのとき、上空をオーロラが覆った。

冷たい焰《ほのお》のような光が天空を舞っている。そう思った瞬間、ゆっくりと光のベールが渦を巻きながら、緑から青、そして淡いサーモンピンク、そして濃い赤紫色へと変化していった。

明け方のような明るさに包まれたかと思うと、やがてさらさらと雪が降り始め、ブリザードのような風が吹き荒れるなか、目の前から森も湖も消えてしまった。

「サーシャさま、サーシャさま……」

どこに行ってしまったのだろう。もう会えないのだろうか。

綺麗でかっこよくて、誰よりも上手にフィギュアスケートをする金髪の王子さまのような人。

雪豹の化身。

「サーシャさま、サーシャさま、どこにいるの？」

凌河は必死になって雪の森を走った。

けれど彼のいた湖は姿を消してしまった。

気がつけば、しんしんと雪が降り始め、あたりが激しい吹雪に覆われていく。

視界もままならないほどの雪が凌河の頭や肩に降り積もっていく。

息もできない雪の嵐のなかで、もがきながら必死に進んでいくうちに、ようやく凍った湖のほとりのような場所までたどりついていた。

「サーシャさま……」

しかしそこは、彼と滑っていた湖ではなかった。大きな河だった。雪解けとともに轟音《ごうおん》を立てて、凍った河の氷がバリバリと砕け、渦を巻きながら河を流れていく。

違う、湖じゃない。

サーシャさまはいない。ここは雪豹の帝王の住む森ではない。

涙が両ほおをぐっしょりと濡らした瞬間、後ろから人の声が聞こえてきた。

「見つかったぞ、いたぞ！　ここに。行方不明になっていた子供だ、日本人の子だ！」

＊

いつだったか、テレビのインタビューで凌河は変なことを答えてしまって大爆笑されたことがある。

十四歳で全日本ジュニア選手権に優勝したときのことだ。

「えっと……オリンピックを本格的に目指そうと思ったのは、五年前、九歳のときです。ロシアの森で行方不明になって、雪豹の魔物に助けられたんです。コーチの車に乗っていたとき、交通事故にあって、投げだされたところを魔物に銜えられて。それからあとのことは覚えてないんですが、とにかく……そのときにスケートの選手を目指そうと思ったんです」

凌河がテレビのインタビューで正直に答えると、その場にいた者全員が硬直した。

正直にと言っても、雪豹の帝王――サーシャさまと約束した部分だけは絶対に口にしないように気をつけて、魔物の話だけにとどめておいた。

しかし次の瞬間、まわりにいた人間、全員に爆笑されてしまった。

「ハハハ、凌河くん、おもしろいね。王子さまみたいなルックスをしているのに、発言は不思議ちゃんか」

「本当に、演技をしているときとずいぶん違う」

「魔物だなんてちょっと変わってるね。これから凌河くんのことは氷上のドリーマーって呼ばせてもらおう」

みんなが大爆笑し、翌日のスポーツ新聞には『凌河、不思議ちゃん認定』『氷上のドリーマー』みたいなことを書かれ、それからは『変な人』扱いされるようになってしまった。

「凌河、魔物だなんて恥ずかしい話はやめて。ロシアの森のことは話さないほうがいいわよ。変な子だと思われるから」

コーチからも再三言われた。

雪豹の魔物に助けられたことを口にしただけでもこれなので、もし雪豹の帝王からスケートを習ったなどと口にしたら、たちまち本当に、変な人となってしまうだろう。実際、雪豹は幻の動物といわれているし、彼らはロシアの北の森には生息していないらしい。チベット高原との間の標高の高いところに生息していると言われている。

では、あの極北の森で出会ったサーシャたちは何者だったのか。

あれからもう十二年が過ぎた。今ではもう全日本上位に入るスケート選手になっている。

ロシアの森で行方不明になったとき、凌河は何週間もあの森にいたような気がしていたのに、現実の世界ではたった二、三日しか経っていなかった。

（もしかしたら夢だったのだろうか。いや、そんなはずがない。あのとき、教えてもらった振

付ははっきり記憶しているし、あれ以来、三回転が跳べるようになったのだから）
保護された凌河は、その後、日本にもどり、フィギュアスケートの選手として順調にキャリアを積んでいた。そしていよいよオリンピックを翌シーズンに控えた年、凌河はスケート選手としては致命的な怪我を負ってしまうことになった。

ゴールデンウィーク最終日のことだった。その日は、国内外から多くの現役スケート選手が招待され、アイスショーが行われることになっていた。朝から曲をかけ、衣装をつけてのゲネプロが行われ、凌河も他の選手たち同様にリンクに集っていた。

アイスショーは、鎌倉《かまくら》の近くにある大学のキャンパス内に新しく建設された大学附属のスケートリンクのこけら落としとして行われる。

本番中は海外のショーでもよく設営されているように、ふだんならスケートリンクになっている部分——リンクの壁際に近い一メートルほどの氷上に氷上席をもうけるため、スケートリンクが一割ほど小さくなっていた。

事故があったのは、曲をかけて練習する前、一緒に出場するメンバーたちとウォーミングアップのため、リンクの上に出たときのことだった。

海外からの招待選手もふくめ、数人の男子選手と一緒に練習していた。

身長は一七一センチ。スケーターのなかでは長身でも背が低いわけでもない。さらりとした黒髪、くっきりとした黒い双眸、細面の風貌、白い肌、日本人はそれでなくても若く見られがちだが、外国に遠征に行くと、二十一歳と言う年齢よりも五、六歳は若く見られてしまう。

少しばかり少女めいた優しげな風貌に、ほっそりとした華奢《きゃしゃ》な体軀。等身のバランスがいいのもあり、リンクのなかではそれなりに大きく見えるらしいが、リンクの外に出ると、今にも折れそうなマッチ棒のようだとか、風が吹いたら飛んでしまいそうだと言われる。

その身体にロシアの十九世紀の軍服風の衣装をつけると、子供がコスプレをしているみたいで恥ずかしいのだが、アイスショーむけに思い切って作ってみた。

アイスショーの新しいナンバーは、ちょうどこのショーのために来日しているポーランド人の振付家兼プロスケーターのイジー・トゥルザックに振付を依頼していた。

「凌河、ちょうどいい。振付のチェックをしようか。どこか滑りにくいところはないか」

音楽は、何年か前に公開された映画『アンナ・カレーニナ』からのドラマティックで、センチメンタルで甘い旋律。

ロシア制作の映画ではないが、ロシアが舞台の物語だけあり、曲想はまさに古い時代のロシアを感じさせる。この曲を使用したいと言ったのは凌河だった。

「大丈夫です、すごく滑りやすいです。ロシアの雰囲気が感じられて」

「ふだんからロシアの曲ばかり使っているけど、凌河はロシアの曲が好きだね。クラシックだけじゃなく、映画音楽も好きだなんて」

　イジーの言葉に、凌河は笑顔で答えた。

「俺、子供のとき、数年間、ロシアにいたんです。父の仕事の都合で。そのとき、近所のリンクでスケートを習っていて。とくに森で……あ、いえ、そのときに楽しかったことが忘れられなくて、ロシアの曲を選んでしまうんです」

　子供のころ、家の近所のスケートリンクで滑るのも楽しかった。

　そのなかで一番楽しかったのは、雪の森で迷子になり、サーシャという雪豹の化身と出会ってスケートをしていた時間だ。そのときに約束したこと——オリンピックに出て金メダルをとる——その目標をいつも心に刻んでおきたくてロシアの音楽ばかり求めてしまうのだ。

　それでもクラシックばかりではワンパターンなので、今年はアイスショー用のエキシビションナンバーに、ロシアが舞台になった映画音楽を選んだのだ。

「ということは、凌河はロシア語もいけるんだ」

　突然、イジーの口からロシア語が出てきた。

「え、ええ、幼児レベルのロシア語ですけど」

「それはいい。ぼくもそうなんだ」

　そんなふうに笑いながら、楽しく振付のチェックをしていたとき、大勢のマスコミが本番前練習の取材に現れた。

「いたいた、凌河くんだ、今、人気だから、彼を撮って」

練習中にテレビカメラをむけられると、どうしても緊張してしまう。スポンサー企業のCMに出るようになったこともあって、アスリートのイケメン枠に入ると言われ、最近、凌河の一挙手一投足にカメラがむけられるようになっていた。

少しジャンプでミスすると、すぐに『倉本《くらもと》凌河、不調』と記されてしまい、不調の理由等《など》を質問されてしまう。だが、不調もなにも、シーズンオフの五月くらいから夏には、基本的に身体の基礎を鍛え直したり、怪我を直したり……と、調整をメインにするのが普通で、ジャンプのピークをもってこないため、不調のように見える選手が多くて当たり前なのだ。

しかし最近は昨今のフィギュアブームもあり、ショーの回数が増え、フィギュアのことをよくわかっていないスポーツ記者たちが好き勝手に記事にすることも多く、ジャンプに失敗するとすぐに不調を疑われ、今シーズンが絶望ではないかと勝手な想像で記事にされてしまう。

なにより不思議ちゃん認定されている凌河は、また変な発言をするかもしれないからと注目をされるようになってしまっている。

尤も、最近では不思議発言よりも、弱気発言のほうが注目され、メンタルが弱すぎるということのほうが記事になりやすい。

ジャンプを失敗するたび、余計な噂《うわさ》がネット上に流れ、『凌河はメンタルが弱いから駄目かもしれない』というネガティブな記事を始め、『倉本凌河は、大学の仲間と遊びすぎで練習不足』だの『女子シングルの選手とお泊まりデート疑惑』だのというスキャンダルめいたでためな記事、さらには『実家の両親からスケート禁止令？』といった、さもありなんといった記事が出て、精神的に疲弊することが多いのだ。

自分だけでなく、日本のフィギュアスケートの選手は本当に大変だなとしみじみ思う。

人気があり、選手層が厚く、さらにはスター選手が多くいるため、注目度が高く、常にマスコミの目にさらされている。

選手というものは好不調をくりかえし、自分の様子を確かめながら、まずは国内選手権を突破して、世界大会の代表に選ばれ、世界選手権やオリンピックで最高の演技をする――というのが通常であるはずなのに、日本選手は、つねに、どの大会でも最高レベルの演技を要求されてしまう。そのため心身の疲弊も激しくシーズン最後の世界選手権前に、怪我をしたり、体調不良を起こしたり、うまくピークをもってこられないケースもある。

（やはり……練習拠点をロシアに変えようかな……俺……大勢に囲まれるの苦手だし）

最近そんなふうに思うことが多い。

幼いころ、住んでいたこともあり、ロシア語は日常生活に不自由しない程度に話すことはできるし、かつて教えてもらっていたドミトリーという男性コーチから、ずっと自分の生徒にならないかと誘われている。それなら静かにゆっくりと練習にいそしめるロシアに行くべきではないのか、そんなふうに思うのだ。

（でもそうなれば大学を休学することになるし、手続きとかも大変だし、今のコーチにも言いだしづらいし……）

そんなことを考えながら、凌河は練習を続けた。

身体の調子が良く、いつもよりスピードに乗れていた。

氷との相性がいいのか、気持ちいいほどジャンプが決まる。そうしてリンクの端のほうでジャンプを跳ぼうとした瞬間、ふいに三歳くらいの男の子がよちよちとリンクに入ってきた。見学にきていた関係者の子供のようだった。

はっとして凌河はスピードをゆるめたが、そのとき、子供に気づかないまま、後ろ向きにペアの男女の選手が猛スピードで突進してきた。リフトの練習をするらしい。

いけない、このままだと幼児に激突してしまう。

凌河はあわててリンクを進み、子供をさっと抱きかかえていた。その瞬間、男性選手と女性選手ふたりがリフトをしかけた姿のまま、勢いよく凌河の方向に突進してくる。

「危ないっ！」

英語が耳に飛びこんできた。

「きゃーっ！」

女性の甲高い叫び声がリンクサイドに反響した瞬間、激突していた。

「――――っ！」

凄《すさ》まじい衝撃だった。頭に星が散ってしまうほどの。

一瞬、なにが起きたかわからなかった。けれど幼児だけは助けなければという気持ちからか、無意識のうちに子供を人のいない安全な方向に手放していた。

そのままものすごい勢いではじけるように吹き飛び、後ろ向きのままフェンスの前に並べられていた椅子に突っこんでいく。

「うっ……っ」

凌河の身体は、傍らに置かれていたテレビカメラ用の機材にぶつかった。

「いや——っ」

「凌河っ！」

誰かの叫び声がリンクに反響する。ひどい激痛に声も出なかった。

足が重い。腰も強打した。身体の上になにか重いものがのしかかってまったく動かせない。

息をするのも苦しかった。けれど必死になって子供が無事かどうかだけは確かめた。

「大丈夫……？」

リンクの中央で、別の男性選手から抱きかかえられている。

それを確認した瞬間、すぅっと意識が遠のく感覚をおぼえた。

腕から血が流れているのがわかった。

このまま死ぬのか。いや、死なないにしても、俺の選手生命はどうなるのか。

薄れていく意識のなか、死を意識した。それが自分の死なのか、選手としての死なのかわからなかったが、凌河はとにかくもう駄目なのだと思った。

きっとオリンピックに出られない。夢なのに。

あの雪豹の化身である彼との再会を夢見ていたのに。

むなしい絶望が胸に広がったとき、チャイコフスキーの『センチメンタルワルツ』が聞こえてくるような気がした。

『どうした、凌河、おまえは強い男じゃなかったのか。あきらめるな、私と会うためにがんばると言ったのはウソなのか』

真っ白な雪の森。凍った湖、豹柄のコートをまとった美しい金髪の男がいる。彼はいつも王子さまのような格好をしていた。おそらく幻聴、それから幻覚だったのだろう。

（サーシャさま……）

彼との約束、ずっとずっと昔、まだ子供だったときの約束を支えにここまできたのに。

『凌河、楽しみにしている。おまえがオリンピックに出るのを。金メダルをとったら会いに行くから』

耳のなかで響き渡る彼の声。優しく心の奥に語りかけるような言葉。ロシア語のような、そうではないような。

サーシャさま、俺、駄目だよ。もう一度会いたかったのに。

そのために、今日まで一生懸命やってきたのだから。

ロシアの森で保護されたあと、父の仕事の研修期間も終わり、一家で帰国することになった。

凌河の父は領事館に勤務し、親戚も代議士や省庁の職員ばかりの一家だった。

その後、父は代議士となり、六歳年上の兄は父の秘書をつとめている。

四歳年上の姉も、省庁に入省した。

そんななか、ろくに勉強もできず、スケートばかりしている凌河の存在は、昔から親族のなかでは異色で、父からも、スケートをやめて勉強に専念しろと再三命令されてきた。

そんなとき、全日本ジュニアで優勝し、強化選手に選ばれたので、凌河は家を出ることにした。

父からはその後もスケートをやめ、将来を考えて進学を重視するようにと言われたが、結局、スケートを続け、実質的に勘当を言い渡された。

その後、家からの援助は受けていない。

倉本代議士の末息子だということも公表していない。高校生のときから一人暮らしをしながら、どんなに淋《さび》しくても、どんなに辛くても、来る日も来る日もひたすら練習に励んだ。

スケートが生きる支えとでもいうのか、哀《かな》しみも淋しさも、スケートをしていれば忘れることができたから。派手なことは嫌いだが、スケート界のアイドルとまわりからもてはやされ、コマーシャルに出たり、モデルをやったりしたのも、すべてはオリンピックのため。

あのときの約束が支えになった。

お願い、もう一度、彼に会わせてください。

スケートリンクのなか、薄れゆく意識のなか、必死になってそんなふうに祈り続けた。


「――倉本凌河さん、聞こえますか?」

ふいに耳元に飛びこんできた声に、凌河ははっと目を見ひらいた。

(え……)

大きくまぶたをひらくと、眼鏡の女性が凌河の顔をじっとのぞきこんでいる。

薄いピンク色の上下の服。どうやら看護師のようだ。

「あの……俺は……」

起きあがろうとしたが、身体が重くて手が動かない。腕には点滴がつけられている。

「手術は終了しました。あとで主治医から話がありますから」

終了――? いつの間に手術なんて?

まだ意識が朦朧《もうろう》としていて、なにが何だかわからない。

俺はどうしたのか。なにが起きているのか?

目をぱちくりさせている凌河の姿が、壁の鏡に映っている。

くっきりとした大きな双眸、高くも低くもないすっきりとした鼻梁《びりょう》、細いあごには、この前、ジャンプをして転んだときに打った痣《あざ》がまだ残っている。

（そうだ……確か……新しいショーナンバーができたので、ゴールデンウィーク中のアイスショーで披露しようと、衣装をつけてリハーサルに参加していたんだった）

そのとき、壁にかかった服を見て、凌河ははっとした。

まさに、アイスショー用に用意していた衣装がそこにかかっている。

白いミリタリージャケット、白いズボン。ジャケットには血の痕。

ズボンのすその一部が破れている。それにその下の椅子には、ブレードが外れた状態のスケート靴。呆然とその一角を見つめていると、オペ衣の上に白衣をはおった医師が部屋に入ってきて、凌河の傍らに立った。

「気分はどうですか」

問いかけられ、反射的に声が出た。

「あ……大丈夫です」

声はかすれていたが、さっきよりもきちんと返答できた。

「よかったです。大丈夫のようですね、頭も強く打っているので、明日、きちんと検査をしますので。今夜はベッドから動かないように」

笑顔で言われるが、何のことだかわからない。

「あ、痛みを感じたら、すぐにそこのボタンを押して看護師を呼んでくださいね。一応、鎮痛用の点滴を流しているので……大丈夫だと思いますが」

「は、はあ、はい」

凌河は小首をかしげた。

「怪我の詳細については、明日の検査のあとにでももう一度お話ししますが」

怪我――――!

その言葉に、凌河はハッとした。

混乱していたが、少しずつ頭のなかがはっきりしてきた。

(怪我……怪我……怪我……? そうだ、そうだった)

うっすらと記憶が甦ってくる。そうだ、アイスショーの練習中に事故に遭って、怪我をしたのだった。幼児を助けようとしてペアの選手とぶつかって。

凌河の怪我は想像以上に重いものだった。

鎌倉市内にある、救命救急で名高い巨大な総合病院に運ばれ、手術を受けてから一カ月が経とうとしていた。

いつ病院にきて、どうして手術を受けたのか、殆ど記憶になかったが、その後の、医師や看護師、関係者の説明で自分の身になにが起きたのか把握した。

あの日、子供を助けようとしてアメリカのペア選手と激突し、凌河は椅子に突っこんだあと、上から落ちてきた機材の下敷きになってしまった。

そのとき、頭を打って脳しんとうを起こしてしまったのだ。だが一番の問題は脳しんとうではなく、そのときに足の靭帯《じんたい》を断裂してしまったことだった。

右足十字靭帯と内側靭帯の断裂。緊急の手術をして、しばらくはベッドから動けなかったが、そのうち車椅子を使用するようになり、ようやく数日前から松葉杖《まつばづえ》をついてリハビリをするようになった。

部屋の壁には千羽鶴がかかっている。

ファンや後輩が折ってクラブに届けてくれたものをコーチが病室に持ってきてくれた。

あの事故以来、凌河が所属しているスケートクラブ宛にものすごい量の見舞いや手紙が届いているらしい。見舞いにきたいという仲間も多いのだが、病院に頼んですべて断ってもらっていた。気持ちはとてもうれしい。

（でもこんな姿……誰にも見せたくないし、誰にも会いたくない）

右足はギプスで固定され、点滴のついた左腕にも包帯が巻かれていた。

ベッドから松葉杖をついて歩こうとしても、自分でうまく力を入れることができない。

だが動けるようにならなければ、トイレにすらまともに行けない。

幸いにも個室なので、トイレもシャワーもついていて助かるのだが。

もちろんマスコミはすべてシャットアウトしている。どこの病院にいるのかも誰もわかっていないだろう。テレビのワイドショーや雑誌の記事もできるだけ見ないようにしているが、自然と目に入ってしまう。

日本期待のフィギュアスケーター倉本凌河、再起不能か——という記事。

凌河は松葉杖をついて窓辺に行くと、ブラインドをあげ、視界に大きく広がっている鎌倉の海に視線をむけた。

遠くに見える江ノ島《えのしま》が、少しずつあざやかな黎明《れいめい》の光に包まれていく。

意識を失っている間、ずっとロシアの森の夢を見ていた。

あのとき、出会ったサーシャこと、アレクサンドルという男性が何者だったのかは今もはっきりとはわかっていない。雪の森がどこだったのかも。

サンクトペテルブルクから、そう遠くない場所だというのはわかっている。

だがあまりにも幼かったので、行き方もなにも覚えていないし、当時両親に質問したが、よくわからないという返事しかこなかった。

そもそもあれは現実だったのかどうかすら、今となってはわからない。

雪豹が人間の姿になって凍った湖の上でスケートをしていたなんて……今、振り返ると、一体、どんなメルヘンだとつっこみたくなる。

オーロラが煌めき、その光を反射した森がイルミネーションのように美しく輝いて、凍った湖の中央で、雪豹の化身にスケートを教えてもらった。

サーシャは誰にも言うなと言ったが、もし言ったとしても、きっと凌河がおかしいと思われるだけだろう。

夢でも見ていたのだと。

自分でも、もしかするとそうだったのではないか——と思うときがある。

けれど耳に残っているロシア音楽の数々と、彼から教わったスケーティング、ジャンプ、プログラムは今も記憶している。

『凌河、スケートをしているかぎり、私とおまえはこの世界のどこかでいつもつながっているんだよ。だからスケートを続けるんだ』

チャイコフスキーの『センチメンタルワルツ』を耳にするたび、彼の優雅に整った美しい風貌とスケートの振付を思い出し、胸が締めつけられそうになるのだ。

あれが夢であったわけがない。けれど、そうだとしたら、彼は何者なのか。

いつかオリンピックに出て、金メダルをとったら会いにくると約束してくれた。

その日をずっと夢見てスケートをしてきた。

彼に会いたいという気持ちをどうしたいのか、自分でさえよくわからない。

ただずっと心の励みにしてきたので、その励みを失うのが凌河には怖いのだ。

窓辺に立ち、ぼんやりとそんなことを考えていると、主治医が現れた。

「おはようございます、どうですか、具合は」

さらりとした黒髪の、背が高く、まだ年の若い、岡林《おかばやし》という名の医師だった。

「どうしますか、まだ退院するには時間がかかりますが、だいぶ動けるようになられましたし、ご都合がいいなら、倉本さんが本拠地にされている関西圏の病院に転院することも可能ですよ。それとも引き続き、こちらで治療なさいますか?」

医師に問われ、凌河はため息をついた。

コーチやスタッフからは、地元の関西圏の病院に転院するように言われている。

そのほうがリハビリもしやすいし、スケートリンクに復帰するにも便利だから、と。

だが、凌河にはひとつ心に引っかかることがあった。

「あ、その件については……もう少し考えさせてください。それよりその前に確かめたいことがあるのですが……俺、もう一度、スケートをすることは可能なんでしょうか?」

深刻な顔つきで問いかけると、一瞬、医師が視線を落とした。

「まさか」

「あ、いえ……わかりました。医局にきてください」

医師の手を借り、車椅子に座る。

「今日のご気分はいかがですか」

「悪くないです。病気ではないので、身体は元気です」

「新設されたばかりのリンクで、あんな事故があるなんて大変でしたね」

確信に触れようとしない物言いに不安になる。

「いえ。あの……それで俺の足ですが、どうなっているんですか？」

「こちらを見てください。電子カルテです」

神妙な顔で案内され、同じフロアにある資料室のようなところに通される。

彼の席の隣には別の医師がいて、岡林が目配《めくば》せすると、その医師がすっとパソコンの画面をこちらにむけた。黒い画面に浮きあがる、脳や足の断面図のようなもの。よくわからないが、MRIやCTでとられた画像のようだ。

「頭をひどく打たれましたが、頭蓋内にはまったく損傷はなく、血栓、血腫などもありません。歩行も平衡感覚も正常のようなので、頭の怪我は今のところ問題ないでしょう。後遺症の心配もありません」

「よかった……」

凌河はほっと息をついた。

「しかし問題は右足です」

「……っ」

やはり。まさかとは思っていたが。

「靱帯が断裂しています。損傷ではなく、断裂。一応、縫合手術をしましたが、元通りにジャンプができるかというと……三回転半や四回転クラスのジャンプになるとかなり厳しいのではないかと……あくまで推測ですが」

つまり致命傷とも言える後遺症が残ってしまう怪我だったということか。

「もう前のようにできないってことですか?」

凌河は身を乗りだして尋ねた。

「いや、わからないんです。実際やってみないと。人間の身体は医学でははかりしれないところもあります。まわりの筋肉を鍛えれば、可能性がないとも言えません。ですが、世界的なトップアスリートにもどれるかどうか……保証ができるかというと」

「できないということですね」

問いかけると、岡林は深刻な顔でため息をついた。

「……ええ」

「わかりました。はっきりそう言っていただけてよかったです。それで、岡林先生、俺、このまましばらくこちらの病院でお世話になってもいいでしょうか」

「それはかまいませんが」

「少しじっくりと考えたいんです、将来のことや自分の現実を。この事実を前向きに捉えるのは、俺には難しいし、今後どうすればいいのか、選手としてどうすべきか。関西圏の病院に転院すると、コーチや仲間たちとどうしても会うことになってしまいますし、俺、あんまりメンタル強くなくて、そういう弱いとこ……まわりの人に見せたくなくて」

凌河は苦笑しながらぼさぼさの前髪をかきあげた。

「そういえば、有名ですよね、倉本選手、メンタルが弱いって。インタビューのたび、よくそう答えていらっしゃるのを何度か拝見しています」

「恥ずかしいんですけど、そーなんですよね、ノミの心臓っていうんですか？　ホントにいざというときに駄目で」

そう、だから先日の世界選手権でもＳＰでは僅差で四位に入り、メダルが期待されたのに、フリーでは最初の四回転ジャンプに二回連続で失敗してしまって、結局、フリーで八位、最終順位は七位になってしまったのだ。

「でも……私には……倉本選手はそんなふうには見えませんけど。むしろ強心臓じゃないかと思っているくらいで」

「強心臓？　はあ？　俺がですか？」

「だってフィギュアスケーターとして、氷の上で、ひとりでしかも人前で四分半も滑るなんて、メンタルの弱い人間のできることじゃないですよ」

「確かにそーなんですけど、スケーターのなかでは、けっこう、俺、駄目駄目で有名なんですよ。いざっていうときに力が出ないタイプで」

凌河は笑いながら言った。

「それでも、私には立派に強い心の持ち主に見えますよ。だって靭帯の話を聞いても動揺せず、きちんと現実を受け入れようとしている。普通は笑顔なんて見せられないですよ。さすがにアスリートは違うと感心してるんです」

きちんと現実を受け入れようとしている。

そうじゃない。強いわけじゃない。ただ昔からの癖だった。

辛くても哀しくても笑っている。笑わないといけないような気がするのだ。

『ハハハ、俺、メンタル、弱いっすよ』

そんなふうに笑って、辛い気持ちや泣きたい衝動をこらえてきた。

ずっとずっと昔から。

他人に不快な思いを与えたくなくて、まわりが揉《も》めごとを起こしているのがイヤだったというのもある。長い間、コーチの家で過ごしてきたせいか、まわりに心の内側を見せない癖があるだけで、決してメンタルが強いわけじゃない。

「受け入れたいわけじゃないんですよ。ただこうなった以上、誰を恨んでも仕方ないし、現実とむきあう以外、どうしようもないじゃないですか」

また、だ。また、笑った顔できれい事を口にしている。

本当は、この場でうわっと泣き叫びたい。いやだ、誰か助けて、誰かこの足を治してと泣き喚《わめ》きたい。

それができればどれほど楽だろう。

けれど胸の痛みや今にも泣き出したい気持ちを他人に知られたくない。

（そうだ……今までもずっと……俺は…………泣かないようにして……自分の本音を隠して、誰にも甘えないで……オリンピックだけを目指して……）

そう、だから今さら泣いてたまるか。

『まいったな、靭帯やっちゃって。俺って、バカっすよね』

マスコミの前に出たら、そうやってまたぼさぼさの髪をかきあげてごまかすように笑って、その場をやり過ごすだろう。そうだ、そうすべきだ。

そんなふうに己に言い聞かせているうちに、いつしか病室に戻っていた。

気がつけば、ベッドに横になり、ぼんやりと天井を見ていた。枕元にぶら下げられている千羽鶴がほんの少し揺れている。鶴の羽根には、凌河へのメッセージが記されていた。文字だけ記された短冊もある。

『一日も早い回復を祈っています』

『大勢のファンが凌河さんのスケートを待ち望んでいます』

『誰にも真似できない倉本凌河さまの煌めくような表現力で、また世界中の人をきらきらと魅了してくださいませ』

励ましの言葉も褒め言葉も今は見るのが辛い。

胸がきりきりと痛み、凌河は目を閉じた。だがまぶたを閉じると、さっき医師から聞いた言葉が耳のなかで反響し、すぐに目を開けてそれを振り払う。

右足の靱帯断裂。元にもどれる保証はない。この現実とどうむきあえばいいのか。

アスリートとして、終わったも同然と宣告されたのだ。再来年のオリンピックでメダルを、そう、金メダルをとろうと必死にやってきたのに。

（こんなことって……）

胸がつぶれてしまいそうなほど痛い。

悔しい、何でこんなことになったのか。

もう俺は駄目だ、もうオリンピックに出られないと思うと、全身から生きていくための気力のようなものが消えていく。

この事実を知ったら、父はどう思うだろう。もともとフィギュアスケートには反対だった。それみたことか、親の言うことを聞かないからそんな目に遭うのだと笑うだろうか。

いや、もうとうに不肖の息子のことなど忘れている。

こちらからも殆ど連絡をとっていないし、きっと見捨てている。

ここに運ばれたことを知りながら、父や兄姉からは何の連絡もない。母からも。

（スケートがなくなったら、俺には……生きていく場所がない……コーチのところにい続けるわけにもいかないし、大学だってスポーツ推薦で入っているんだし、スケート連盟からの強化費やスポンサーからの金で暮らしているんだから）

そう思うと、ふいに孤独が全身を襲い、凌河は窓に視線をむけた。

窓の外に広がる夕焼けに包まれた湘南《しょうなん》の海。焔のような夕陽が海を黄金色に染めている。

凌河は海が少しずつ夜の闇に埋もれていくさまをじっと見つめていた。

（スケートができなくなったからって、今さら実家にはもどれない。だけどこの足が駄目になったら、強化選手からもはずされてしまう）

これからどうやって生きていけばいいのか。他にすることなど思いつかない。

窓の外は、ゆっくりと暗闇に包まれていく。大海原が夜の帳に包まれていく姿を見ていると、ふっとそこに埋もれて消えてしまいたい衝動をおぼえた。

まともにスケートが滑れなくなったスケート選手なんて……。

凌河は自由がままならない重い身体を起こし、ベッドサイドに置かれている車椅子に手を伸ばした。

「……うっ……」

足を引きずってベッドの脇を移動し、車椅子をひきよせようと手を伸ばす。だが指先が触れた反動で、車椅子のタイヤがリノリウムの床をずるりと滑ってしまう。

「あっ！」

車椅子を摑《つか》もうとした身体の勢いが行き場を失い、凌河は引力に負け、そのままどさっと床に倒れ込んでしまった。

「くっ」

全身に鈍い痛みが走る。車椅子は壁にぶつかってソファの上に斜めに倒れてしまった。

床に倒れ伏したまま、凌河はまともに動くことができない自分の身体に憤りを感じた。

窓辺に行くことさえできない。身体中に痛みを感じながらも、心の絶望がそれに勝っている。

彼……サーシャさまに会いたい、もう一度。

「サーシャさま……」

目を閉じると、楽しかった日々が甦ってくる。

ほんの少しの時間だったのに、その後のどんな長い時間をも支配している。

それほど凌河には大切な思い出だったように思う。

どうしてだろう。どうしてこんなにもサーシャさまといた時間が忘れられないのだろう。

どうしてこんなにも彼との再会を求めているのだろう。

金メダルをとって、彼に再会する――その約束だけを支えにこれまでがんばってきた。

絶対になにがあってもあきらめない、そう約束して。

(サーシャさま……俺……こんな足になってもがんばらないと駄目かな。こんな足でも、約束、守らないといけないのかな)

スケートをやめたくなっても続けると約束した。

この足でも約束を守るべきなのか……そんな自身への問いかけをくりかえしながら、凌河は呆然と床に伏していることしかできなかった。


この足はどうなるのか、そんな不安のまま、それでも日々、リハビリに励み、八月半ば、凌河はようやくスケートリンクにもどることができた。

「ちょうどよかったわね、凌河、夏休みで人が少なくて。シーズンオフの今のうちにリンクで少しずつ調子をあげていけばいいわ。今日は二時間、貸し切ってるから安心して」

コーチの車に乗り、神戸《こうべ》の新興ベッドタウンの近くにある巨大な大学のキャンパスの一角にむかう。

「シーズンオフといっても月末くらいから国際大会が始まるじゃないか」

「ああ、ジュニアのグランプリシリーズね。最近はどの大会でも日本人選手が活躍するようになったわね。あ、凌河、私、事務のほうに用があるから、あなた、先にリンクに行ってて」

「了解」

外に出ると、じりじりと残暑の太陽が頭上から照りつけてくる。

総合大学のスポーツ施設が点在する巨大な敷地のなかには、野球グラウンド、サッカー場、それから、体育館のような巨大な建物が建っている。その奥に、年中、ジーッという機械の作動音が響いているスケートリンクがある。

扉をひらくと、アイススケートリンク特有の匂いが鼻腔《びこう》に触れる。

整氷車とスケート靴の革と水とが複雑に入り交じったような、少し湿ったような匂いを嗅ぐと、遼河はきゅっと胸の奥が絞られるような感覚をおぼえる。

故郷にもどってきたような懐かしさというのか。

凌河は着替えを済ませると、準備運動をしてスケート靴を履いた。

久しぶりということもあり、立ちあがるだけで、鼓動が高まって足下が震えた。

ひざがまだ安定していないせいだろうか、足下がおぼつかないような不安に囚《とら》われてしまう。

これまでは当然のようになにも気にしないでいた感覚なのに、どうしてこんなにも心もとない気持ちになるのか。

五月からまだ三カ月しか経っていない。驚異的なスピードで治ったと言われているが、靱帯が完全に元通りになったわけではない。地上をふつうに歩くのさえ、まだひざのあたりに軽い痛みを感じ、踏ん張りがきかないのだから。

(でも立たないと。ちゃんと氷の上に立ってみないと)

靴カバーをとり、凌河はリンクに足を下ろした。

すーっと心地よくブレードが氷の上に乗る。地上を歩くよりも、むしろしっかりと前に進むような気がする。

しかし数周ほどリンクをまわったあと、ひざから下に鉛をくくりつけたような、だるくて重い感覚を感じ、凌河はリンクの外に出た。

少し休憩しようと、自販機の前のカフェスペースにむかうと、ふだんは受付に座っている事務の男性が現れ、凌河に話しかけてきた。

「凌ちゃん、久しぶり。もう練習しても大丈夫なのか」

「あ、ええ」

「大丈夫？　靱帯やったんだって。大変じゃないか」

「ハハ、俺、そそっかしくて。でも、もう滑れるんで」

笑顔で言う凌河に、事務の男性は笑いながら、軽く目配せした。視線の方向を見ると、入り口のあたりから誰かがこちらにカメラをむけていることに気づいた。

彼はマスコミが張りついている、と知らせにきてくれたのだ。

有名なスポーツ選手が多くいるので、この一角は大学側から取材の許可をとった記者たちが多く出入りしている。他のスポーツ部の取材にきたマスコミが凌河の姿を見かけて、ついでに今日の練習の様子を確かめようとしているのかもしれない。

そうだとしたらうまく滑れなかったときは、スポーツ紙のネタにされてしまう。

それでなくてもさんざん言われているのに。

倉本凌河は怪我のため、再起不能になるのではないか——と。

「無理するんじゃないよ、がんばりすぎないように」

「ああ、はい。でも俺、大丈夫です、そんなにがんばったりできないです」

笑いながらコーヒーカップを手に自販機に背をむけ、凌河は肩で息をついた。

リンクの壁には、凌河の写真を引き伸ばした巨大なパネルが貼られている。

数年前、世界ジュニア選手権で世界一になったときのものだ。

金メダルと花束を胸に無邪気にほほえんでいる自分の、その能天気な笑顔にムカついてくる。

「バカか、この男。なにを間が抜けた顔で笑ってんだよ」

昔の自分に悪態をつくように呟《つぶや》きながら、凌河はすっかりぬるくなったコーヒーを一気に飲み干した。

まだこの試合のときは無限に未来が広がっているように感じていた。

オリンピックで、サーシャから教わったワルツを滑る。その日がくることを疑いもせずに夢見ていた。それなのに。どうしてこんな怪我をしてしまったのか。

涙がこみあげ、両ほおに流れ落ちてくる。手の甲で拭おうとしたとき、カメラのレンズがこちらにむけられていることに気づいた。

きっと撮られてしまった。また騒がれる。

いいかげん一人になりたい。もう誰からも心配されたくない。かまわれたくない。優しい言葉も励ましの言葉も欲しくない。放っておいて欲しい。

日本にいるのが辛い。そう思った。

（ロシアに行こう。そうだ、そうしよう、少なくともドミトリー先生のところなら、まわりを気にする必要がない）

どこかに逃げたかった。日本のマスコミや口うるさいまわりから逃れて。静かに。

3　再会

十月になると、スケートシーズンの始まりを避けるように凌河はサンクトペテルブルク行きの飛行機に乗った。

東京からモスクワ。そこで乗り換えてサンクトペテルブルクへ。

ずらりと続く長蛇の列の後方に並んだ凌河に、入国審査の順番がまわってきたのは、飛行機を降りてかなりの時間が経ってからのことだった。

気が遠くなりそうなほど面倒くさい審査を終えた解放感に浸ったあと、スーツケースをピックアップし、入国ゲートへとむかう。

白っぽいスウェットの上下に、腰丈のダウンジャケット。踝《くるぶし》まであるハイカットスニーカー。まだ十月なので日本の冬対応のような格好をしてきたが、それでも空気がひんやりとしているように感じる。

「凌河、よくきてくれたね」

薄暗い到着ロビーに抑揚のある声が響く。

出迎え客の真ん中にいる長身のスケートコーチを発見し、凌河はほほえんだ。

焦げ茶色の髪、茶色の眸の端整な風貌をしている。タートルネックにスウェードのジャケット、それから厚手のズボンに膝丈のブーツを身につけていた。
年齢は四十前後になるが、ロシア人にしては若く見えるかもしれない。

「ドミトリー先生……」

元アイスダンスの世界チャンピオンで初めて凌河にスケートを教えてくれたのが、彼である。

今は凌河が留学先に選んだサンクトペテルブルクスポーツクラブで振付家兼コーチをしていて、これまでも時々、振付を依頼していた。もともと凌河がサーシャと話すきっかけとなった交通事故を起こしたのも彼である。

おそらく凌河以外に、サーシャの存在を知っているのは彼だけだろう。

彼は怪我をしたアスリートを復活させるのがうまいと言われていて、凌河をぜひ復活させたいとわざわざ言ってきてくれた。そこに一縷《いちる》の望みをかけたかったというのもある。なによりサーシャとゆかりのある人物というだけでも、自分の希望になるような気がしたのだ。

「長旅おつかれさま」

肩に手をかけ、ドミトリーがあいさつのキスをしかけてきて、凌河はとっさに一歩さがっていた。

「あいさつのキスをしてくれないのか？」

「あの……まさか男同士でもするんですか？」

「ロシアではね」

「そうでしたっけ……でも、俺……苦手で」

「表彰式でもいつもしているじゃないか、抱擁とあいさつのキスは基本だぞ。アスリートなら、慣れないと。あいかわらず人付き合いの下手なやつだな。凌河は綺麗で、整った容姿をしているんだから、堂々としているくらいがちょうどいいんだよ」

ポンとドミトリーに背中を叩かれる。

「はい、すみません、けどやっぱり駄目なものは駄目で」

照れ笑いしながら凌河は頭をがしがしとかいた。

「じゃあ、行こうか」

「あの、すみません、空港まで迎えにきていただいて。すごく助かりました」

「いいよ、この国はいろいろと面倒なことが多いからね。ビザの取得や滞在場所等、外国人には制限がたくさんあるから、地元の人間がいたほうがいいと思って。それにテロの心配がないわけでもないから」

駐車場への道すがら、ドミトリーは銃をたずさえた警備員を見てぽつりと呟いた。

「入国するのも、大変だっただろ？」

「え、ええ、マジで日本って便利なんだと改めて実感しました」

「そうだね。でもこの国の自然も文化も本当に素敵だろう？　多くの芸術を生んだすばらしい国、ぼくも大好きなんだよ」

釣られて見あげると、雲ひとつない蒼穹《そうきゅう》が広がっていた。

あたりには枯れ始めた秋の草原が広がっている。民家の軒先を彩る紅葉、今にも落ちそうになっている白樺《しらかば》の木々の葉。美しい花と緑と光に包まれた短いロシアの夏が終了し、今は秋真っ盛り、すぐに冬がやってくるだろう。

「ええ、綺麗ですね」

さえぎるもののない空の清々《すがすが》しい青さ。緯度が高いサンクトペテルブルクは、夏場なら真夜中まで明るいという。これから先は長い冬が始まるのだが。

(でも……俺は冬が好きだ……サーシャさまと過ごしたこの国の冬が……)

ドミトリーの車に乗り、彼がエンジンをかける。

「凌河、今年のチャレンジャーズシリーズとグランプリシリーズ、最初はドイツの大会にエントリーしていたんだよね？　ちょうど昨日から、ドイツ杯が始まったみたいだけど、代理で出た選手、なかなかすばらしい演技をしているようだね」

「彼は、とてもいい選手です。スケート界のプリンスと呼ばれる優雅な滑りが魅力的なんです」

少し伸び悩んでいたみたいだが、昨年から急に伸びてきた選手だ。おそらく今年の全日本の台風の目になるだろう。優美さと繊細さをそなえた美しいスケーターだ。

他にもこの前、世界ジュニアチャンピオンになった選手がいる。次々と若手が成長してきているなか、自分のように怪我をしてどうなるかわからない選手など、もう日本には必要ないかもしれない。そんなネガティブな思考に襲われそうになる。

「ところで凌河、ロシアに好きな人がいるはずだよね？　恋人……いるんじゃないのか」

「好きな人？」

「ああ」

ドミトリーの突然の言葉に驚きながらも、一瞬、サーシャの顔が脳裏に浮かんだ。しかし凌河は内心で苦笑した。

（そういう意味での好きじゃないのに……第一、同性だし。でも、俺……これまで一度も誰かを好きになったことがない。あの人のこと以外、考えられなかった）

恋なのかどうなのかもわからないが、初めて見たときからずっとずっと憧れていて、今も彼が忘れられないでいる。そして再会の日のために復帰しようと考えている。多分、きっと初恋のようなものなのだろう。

「ぼくはどう？　相手が見つかるまで、恋愛の手解きくらいしてあげるよ」

口元に笑みを刻んだドミトリーの手がひざに伸び、凌河はぎょっとした顔で目をみはった。どうしたのだろう、いきなりこんなこと。

「俺、とにかく恋愛には興味ないんです。今はスケートだけで精一杯ですから色恋のことはなにも考えられません」

凌河が言うと、ドミトリーはため息をついたあと、しばらく険しい顔をして車を進めた。

「そうか……なら、仕方ないな」

「あの……先生」

「実を言うと、きみから聞きだしたいことがあったんだけど、失敗してしまったかな。きみが彼の話をしてくれるかもしれないと期待していたんだ。きみ、彼が好きなんだろう?」

「彼――――?」

「アレクサンドルだよ。ぼくはどうしても彼に会いたいんだ。……きみなら彼の居場所がわかるかと思って」

彼――サーシャのことだ。

「だからずっときみがぼくのところにくるのを待っていた」

「え……では……俺をチームに誘ってくれたのは……」

「誤解しないでくれ。きみとスケートで頂点を狙いたいというのは本当だ。怪我から復帰させたいという気持ちも、ウソ偽りのない本心だ。だがそれとは別に……どうしても彼と会いたくて。忘れられないんだよ……アレクサンドルが」

これまでに見たことがないような、苦しそうな表情のドミトリーから彼がどれほどサーシャと会いたがっていたかは理解できた。だが、彼がどこにいるかなんて凌河にもわからない。それに彼の話は他言無用だ。ドミトリーであったとしても口にすることはできない。

「十二年前、きみは事故のあと、三日間行方不明だった。冬の森にいても凍死することなく」

「え、ええ、でもそのときのことは覚えていなくて」

なにを訊《き》かれても覚えていないという態度を貫いている。だから世間からは、凌河が猟師の小屋か、親切な民家ででも過ごしたのだろうと推測されたのだが。

「しかも、その間に、きみはすばらしいスケートの技術をマスターしていた。アレクサンドルから教わったのだろうということはすぐにわかったよ」

「先生……」

「教えてくれ。彼は何者なんだ。異世界の人間なのか？　このあたりには昔からの伝承がある。冬の女神に愛された、この世で最も美しいスケーターは、冬の森で永遠の命を与えられ、延々と踊り続けなければならないという。彼がそのスケーターじゃないのか？」

あのお伽噺だ。『雪豹の王さまと冬の森』——そこに出てくる雪豹の王は、冬の女神に愛された人間の王子さまで、彼が人間の姿をしているときは、永遠に氷の上で踊り続けなければならないという。

「待ってください、あれはお伽噺じゃないですか。現実のわけがないですよ」

「以前にインタビューで答えていたじゃないか。この先の橋で事故に遭って車から投げだされたとき、雪豹に銜えられて助かった、けれどそれ以外のことは覚えていないと。まわりは笑っていたが、ぼくはそのときに確信を覚えたよ。やはりきみはアレクサンドルと一緒にいたのだ、そして彼こそ雪豹の物語の王子だと」

「……先生、違います、俺を助けた雪豹は彼じゃないです、別の雪豹で」

「じゃあ、やっぱり彼も雪豹なんだね」

「それは……っ」

ドミトリーは言いながら車のスピードをあげた。サンクトペテルブルク市街と記された方向とは逆方向に、勢いよく右折して。

「――――っ！　どうしたんですか、市街はあっちでは」

「いいんだ……もう一度、同じ場所で同じ事故を再現するから。雪豹が現れるかどうか」

「え……っ」

「ネヴァ河にかかった橋……あの河のむこうの森の入り口で、きみは発見されたんだ。あそこに雪豹の森とこの世界との境界線があるはずだ。アレクサンドルは雪豹の姿になって、いつもここにもどっていったんだから。だからあのときと同じ事故を……」

ふっと微笑するドミトリーの口元を見て、凌河は戦慄をおぼえた。

「……先生……無理です、そんな真似をしてもしものことがあったらどうするんですか」

ドミトリーはあのときと同じような事故を起こすつもりだ。

サーシャと再会するために。

彼がアクセルを踏みしめ、猛スピードで車が突進する。車体への風圧が強くなり、耳鳴りがした次の瞬間、橋の手前で白樺の間からトラックが飛びだしてきていた。

「トラックがっ！　先生、よけてっ！」

凌河の声が車内に響く。前方から大型のトラックが迫ってきて、反射的に凌河は身を丸くしていた。

「――っ」

すれ違いざま、トラックからのものすごい風圧が襲う。けれどほんのわずかのところでかわすことができた。だが、ドミトリーがハンドルを勢いよく切ってブレーキを踏んだため、反動で車が大きくスピンし始めた。

「うっ！」

くるくるとまわるコーヒーカップのように猛スピードでスピンしていく。制御できなくなった車は中央分離帯を乗り越えて、道の先に続く橋のど真ん中まで吹き飛ばされたかのように突進していった。

駄目だ、このままだと――っ！

そのままドミトリーの車はさらに歩道にのりあげて橋の欄干にぶつかった。

「……あうっ！」

くるくると車が橋の欄干に激突する。ドンッという強い衝撃が走り、その反動でドアが大きくひらき、あっさりとシートベルトがはずれた。遠心力に呑《の》みこまれるように凌河の身体は外に飛びだしていく。

あのときと同じだ。そう、サーシャに初めて会ったときも、ここでドミトリーが車を橋にぶつけ、後部座席に忍びこんでいた凌河は、割れた窓から落ちていって。

「ああっ！」

サーシャさま――――っ！

一気に自分の身体が氷の浮かぶ河へと落下していくのを感じながら、凌河はサーシャの名を胸のなかで強く叫んでいた。

＊

「また冬がやってきたのか」

ロシアの森が雪景色に変わろうとしている。

初雪とともに、サーシャの愛する季節がやってくる。

春から秋の長い眠りから覚めたサーシャは氷の宮殿のテラスに立ち、目を細めて、河のむこうのほうにうっすらと見える人間たちの営みの姿を眺めていた。

森のむこうの人々は秋の収穫祭を祝っている。明日は、このあたり全体が雪景色に包まれるのを知っているのか知らないのか。

（今夜は好きなだけ楽しむがいい。明日から冬になるのだから）

宴《うたげ》の夜は、どこまでも甘美で美しい。

人々の喧噪《けんそう》が、きらきらとした明かりのなかに飽和している。

ウォトカのグラスを手に、民族衣装を着て踊り明かす男女。どこからともなく流れてくる明るく、けれど、どこか物悲しいロシア民謡が甘く切なく耳に響く。

もう明日には雪が降る。

雪の降る季節になると、サーシャは自分の身体の奥に抑えることのできない劣情が湧いてくるのを感じる。どうしたものか、欲しくて欲しくて仕方がないのだ。どうしようもなく欲しい。無性に貪りたくなってどうしようもないのだ。

（どうしたのか……私は……こんなふうになってしまうなんて）

眠るたび、凌河を犯している。

出会ったときの彼ではなく、その年その年の彼——そして今年は二十一歳の彼を。

こらえきれず本能のまま、彼の細い手首を押さえつけ、その身体にのしかかっていく。

「凌河、許してくれ」

「や……やめっ」

黒々とした大きな双眸が驚きに震えている。

（凌河……すまない！）

野生の動物のような征服欲なのか、不思議なほどの支配欲が突きあがってくる。この情欲を理性で抑制することができない。

今、この腕に抱いてしまったら、彼を凍らせてしまうのに。彼を死なせてしまうのに。そんな葛藤《かっとう》をおぼえながら、それでも夢のなかの自分は彼に襲いかかっている。

性急に凌河の身体を引きよせ、耳もとに唇を近づけて甘く噛《か》む。するとふわりと甘いマリンカの花の香りがしてきた。

「ん……っ」

凌河の身体から立ちのぼってくるマリンカの香り。甘い匂いを吸いこむと、再び意識が過去にたちもどってしまう。

初めて彼と出会ったのはいつのことだったか。まだ雪豹の化身になる前——人間としての『生』を歩んでいたときのことだ。

ふたりで森のなかの湖でスケートをして戯れ、夜になると森のなかにあるサーシャの邸宅で飽くことなく求め合った。こんなふうに。

透明な美しい月が夜空で輝き、雪の森に反射して、あたり一面、昼のように明るい光できらきらと煌めいていた。

ロシアの大貴族と在サンクトペテルブルク日本国総領事館職員との身分違いの恋だった。決して許されない恋だった。そして敵同士の恋だった。

日露戦争、第一次世界大戦……あの当時のロシアと日本は敵国という立ち位置にあった。

けれどサーシャと彼は、フィギュアスケートで結ばれていた。

美しいスケートには国境も民族も身分もなにも関係ない。そう、フィギュアスケートはふたりにとって平和と愛と美の象徴だったのだ。

(今もそうだ……今も国境や身分を越えて……人々に感動を与えている。私にとってスケートは最高の芸術なのだ)

だからこれ以上、犯せない。自分と凌河はスケートでつながっているのだから。最高の芸術を通じて。

サーシャははっとして凌河の身体から身をひいた。しかし腕を放したとたん、凌河の身体は一瞬にして凍りついてしまっていた。完全な氷の人形のように。

「凌河、凌河————っ!」


「……凌河っ!」

はっと目を覚ますと、いつもの氷の宮殿の寝台で横たわっていた。

(またあの夢か……凌河を凍らせてしまう悪夢……)

起きあがり、サーシャは雪豹の姿でテラスに出た。

川が凍り始め、湖が凍りつく季節になると、サーシャは目を覚まして雪豹の帝王として冬の森を支配する。

寝室に立てかけられた鏡に映った艶やかな白い毛並みの雪豹。

それが今の自分の姿だ。そのことにどうこう思いはしないが、たまに今のような夢を見ると、人間だったころを懐かしく感じる。

（人間として生をまっとうしていたら、私の魂はどうなったのだろう）

百年前、帝政ロシア時代、サーシャはまだ人間だった。

伯爵家の当主として領民や使用人たちのことを考えながら、陸軍に所属しながらも、スケートを愛し、世界選手権やオリンピックに出られるようなフィギュアスケートの選手になりたいと考えていた。

あの当時、フィギュアスケートは貴族の趣味のひとつだった。乗馬や狩り同様に。自身の領地内にあったこの凍った湖は、スケートをするのに絶好の場所だった。

前世の凌河は日本からきていた領事館職員で、パーティで出会い、スケートリンクで再会したあと、雪豹のコンスタンチンに襲われていたところをサーシャが助けた。それがきっかけで親しくなり、ふたりでスケートをして過ごすうちに愛が芽生えてしまって。

しかしそのとき、雪豹のコンスタンチンに逆恨みされてしまったのだ。

冬の女神は彼に雪の森の支配を任せていたが、たびたび、そうして彼女の美意識に反することをして女神の怒りを買っていた。

その後、コンスタンチンは冬の女神から森の帝王の権利を奪われ、サーシャと凌河への憎しみから革命軍にサーシャの邸宅の場所を教えてしまったのだ。

冬の女神はサーシャを助けようとした。だがそのとき、彼女が用意した境界線からサーシャは凌河を逃がしてしまった。

その間に館は全焼し、使用人たちを助けようと館に入っていったサーシャはそのままそこで亡くなってしまったのだ。

『あなたをせっかく助けようとしたのに』

冬の女神はサーシャの美貌を惜しみ、コンスタンチンの代わりにと森を支配する雪豹の化身にしてしまった。それ以来、サーシャは冬の生き物になってしまった。

唯一、氷の上にいるときだけ、相手の生き物が凍ることはない。

だからサーシャは、氷の上以外で、誰にも触れることはできない。抱きしめることも抱きあうことも不可能なのだ。

今は氷の上以外で彼を抱くことはできない。人間としての自分は。

それなのに、生まれ変わった彼——凌河と再会してしまった。それからは毎年、目覚める前に凌河を襲う夢を見る。彼に触れて凍らせてしまう夢を。まるで自分への戒めのように。

（もう……私はただの人間にはもどれない。触れた相手を凍らせてしまう生き物となってしま

ったのだ）

雪豹の帝王であり、人間にも変身することができるが、本体はこの雪の森の湖底に肉体をつながれ、魂だけで生きている存在。

いつ、永遠の『死』を受け入れることになるのか。

「アレクサンドル様、アレクサンドル様、大変です、また人がやってきました」

突然窓からユキウサギが入りこんでくる。

「また人が？」

サーシャは目を細め、湖を見つめた。

ふらふらと冬の森を歩き、湖の方角にむかって歩いてくる人影――凌河の姿がぼんやりと見えた。どうやらまたドミトリーの車に乗っているときに事故に遭い、こちら側の世界にやってきてしまったらしい。今度は誰かの罠ではなく、自らの意志――彼の強い一念で。

それが彼の姿のむこうから、うっすら感じとれた。

「凌河だ。迎えにいこう」

サーシャはふわりと雪豹の姿のまま外に降り立った。

森の奥にある雪と氷でできた美しい宮殿がサーシャの住処《すみか》である。

帝政ロシア時代に暮らしていた邸宅は、革命軍の放った火で全焼してしまった。今、ここにあるのは、そのときとまったく同じものが氷で復元された屋敷だった。

日々空気が少し冷えてきている。

冬場はほぼ毎日昏《くら》い極夜に包まれるロシアの大地。昼間、ほんの刹那《せつな》の時間帯だけ、あたりは夜の闇から夜明け前の一瞬にも似た蒼白さに染められるときがある。

そのとき、ふだんは雪に囲まれていた湖が浮かびあがり、目の前の森も山も冷たい色に変化する。明け方のような光に誘《いざな》われるように、サーシャは宮殿から外に出てしんとした青い雪の森を進んでいった。

湖畔で雪豹の姿から人間になると、湖のほとりに佇《たたず》み、スケート靴を履いて氷の上を進んで行く。

湖の氷の上の凌河に近づいていった。

（ここで意識を失ってしまったのか）

力尽きたのか寒さに耐えきれなくなったのか。しかし体調はそんなに悪くなさそうだ。怪我をした足以外は。

「凌河……」

サーシャは氷にひざをつき、ズボンの上から凌河のひざに触れた。

靭帯二本が切れているのがわかる。四本の靭帯のうちの、二本が完全に切れていた。

ジャンプの着地に影響がある外側の靭帯ではないのが救いではあるが、うまく着地できなかったときは、内側に力を入れることができなくて転倒してしまう。

それに右側のインサイドに乗ったステップやスピンに影響が出るだろう。たとえまわりの筋肉を鍛えたとしても、トップアスリートとしては致命的な怪我だった。

(この怪我をどう克服していくかが、彼の課題か)

自分になにができるだろうか。雪と氷の世界でしか生きていけない自分に。

「アレクサンドル様、どうされましたか?」

従者のユキウサギが問いかけてくる。

「いや、何でもない。この先のことを考えていただけだ」

ぐったりと氷上に凌河が倒れている。傍らにはリュック。スケート靴や着替えが入っているようだ。

「お帰り、凌河」

彼の身体を抱き起こすと、冬支度をしているとはいえ、まだ日本の冬対応のような格好をしていた。自分のコートを脱ぎ、彼に毛皮のあたたかなコートを着せて、抱きあげる。

「……っ……サーシャさま」

腕のなか、凌河ははっと目を覚ました。いったいなにが起きたのかわからない様子で、目をぱちくりとさせ、あたりをきょろきょろと見ている。

「これ……夢ですか」

まだ夢から覚めていないような顔をしている。

「いや、現実だ」

サーシャが答えると、凌河は息をするのも忘れたかのように硬直した。

目を大きく見ひらいたまま、じっとサーシャを凝視しているうちに、たちまち彼の双眸に涙が溜《た》まっていく。

泣いてしまうと凍るではないかと注意する前に、彼のほおに流れ落ちた涙が凍りついていった。けれどそれでもかまわず凌河は涙を流し、声にもならない様子で唇をわななかせていた。

「サー……サ……サーシャ……さま……俺……俺……あの……俺……」

ひくひくっと声をつまらせ、指先を震わせながら壊れ物に触れるかのようにサーシャのほおに手を伸ばしてくる。その手をにぎりしめ、サーシャは彼の背を抱き寄せた。

「安心しろ、私は本物だ」

耳元で囁くと、凌河が「会えた……サーシャさま、俺……本物のサーシャさまに会えたんだ……」と涙声で呟きながらサーシャの胸にしがみついてきた。

何て単純でかわいい男だろう。子供のときからずっとそうだった。だから彼が愛しいのか。それとも生まれ変わる前からの気持ちが残っているから愛しさを感じるのかわからないが。

「……再会の喜びはさておき、おまえ、スケートはどうしたんだ」

彼が落ち着いたのをみはからい、サーシャは静かに問いかけた。

「え……」

「どうしてこんなところにきている、スケートはやめたのか」

その理由を知っていながら、彼を責めるように訊いてみた。

彼の心の本気を知りたかったのだ。

「違う……俺……そうじゃなくて」

「ウォーミングアップをして滑ってみろ。スケート靴も持ってきているのだろう」

「え……でも……俺、ひざを怪我をして」

凌河は気まずそうに視線を落とした。

「怪我？　ああ、数カ月前の？　それならもう治ったのだろう。別に大会でもショーでもないんだ。下手でも何でもいいから滑ってみろ」

「下手でも？」

「そうだ、いつも滑っているみたいに滑ってみろ。太陽の出ている時間は短い。その間だけでも私におまえのスケートを見せてくれ」

「……サーシャさま」

「でないと、ここに放置するぞ」

「……わかった」

黒い毛皮をサーシャにあずけると、凌河は軽くウォーミングアップをしてスケート靴に履き替えた。スケート靴で氷の上に立ったとたん、彼の眸が変わるのがわかった。スイッチが入ったとでもいうのか、さっきまでの頼りなさが消え、闘う男の眸に変化したのだ。

凌河は軽く氷の上を進んだあと、十周ほど身体を慣らすように滑っていった。

最初は両足で氷を蹴り、前向きに足を交差させていく前向きのクロススケーティングで調子を確かめ、そのあとは、バックのクロススケーティングで。

一蹴り一蹴りのスピードがすばらしい。さらにはふわっと空気に溶けこむようなところが凌河のスケーティングのいいところだと思う。

子供のころからそうだった。けれどあのころとは違う。何という美しい滑りをするようになったことか。いつの間にか森の動物たちも感動したような眼差しで見ている。

(あれもこれも……すべて私が教えたものだ)

それをさらに進化させ、より美しく、よりエレガントに、よりシャープに滑れるようになっている。

「氷のコンディションはどうだ?」

「滑りやすくて気持ちがいい。いい感じでスピードが出る。大学のスケートリンクで滑ったときは身体が重かったのに、今日はものすごく軽い」

「それならジャンプをしても問題ないな。じゃあ、三回転までの五種類のジャンプを」

うながされるまま、凌河はふわっと五種類のジャンプを跳んだ。

「どう? 俺、綺麗に跳べてる?」

氷上から凌河が問いかけてくる。サーシャは自分もリンクの中央にむかった。

「いいんじゃないか。ジャンプが大きい。すばらしい飛距離、気持ちのいいほどの高さ、空気を支配しているようなジャンプだった」

「本当に？　俺、ちゃんとできてる？」

「ああ、滞空時間がいい。跳んだとき、こっちに空気の振動が伝わってくる。では、次は三回転半やってみろ」

一瞬、凌河が口を噤《つぐ》む。

「どうした、早く」

「あ、うん」

スピードをあげてリンクをまわっていく。しかし三回転半を跳びかけて、凌河は練習をやめてしまった。

「どうしたんだ」

問いかけると、凌河はかぶりを振った。

「怖い、三回転半は……他と違ってまだ退院してから一度も跳んでいなくて」

三回転半から四回転のジャンプは足の負担が三回転ジャンプとはまったく違う。靱帯の状態が気になってしまうのか。

「足の怪我が気になるのか」

「まだ……ひざがぐらつくような気がして。……しっかりと着地できない気がして」

「見せてみろ」

サーシャは氷の上を進み、彼の前にひざをついて怪我をしたあたりに手を伸ばした。

「ぐらぐらする。もうできないよ……俺……オリンピックに出るの……無理だ」

大きな眸に涙を溜め、凌河が震える声で言う。

サーシャは彼のひざに手を当て、もう片方の手で固定して揺らしてみた。少し力を入れると、靱帯の切れている内側の方向だけがくっとなってしまう。力が入らないのだ。

「確かに断裂している。だが、幸いにも内側の靱帯だ。着地ができないわけじゃない」

着地で必要なのは、外側の靱帯だ。きちっと遠心力を利用して、基本通りにアウトエッジに乗って着地すれば、ひざががくんとなってしまう心配はない。

「でも全日本には、ものすごい選手がいっぱいいる。みんな、軽々四回転跳んでるのに、三回転半で怖がっている俺なんか……」

「三回転半……アクセルジャンプが怖いなら、ふつうに四回転のトゥループをやってみろ。後ろから跳ぶ分、恐怖心が減るだろうから」

「だけど」

「急に今すぐ跳べとは言わない。明日でいいから」

凌河の相手をしていると、ウサギやキツネたちもスケート靴を履いて、くるくるとスピンの練習を始めた。

「あれは？」

凌河が小首をかしげて尋ねる。

「あ、ああ、あれは冬の最後の日に、冬の世界を支配している冬の女神がアイスショーをひらけというので、準備をしているところだ」

「そんなショーを？」

「ああ、毎年恒例のものだ」

「サーシャさまも出るの？」

「ああ、毎年私も出る」

「それ、いつ？」

「春の前、氷が溶ける前の最後の夜。場所はここ」

「うそ、すごいな、俺も見たい」

「駄目だ、冬の女神の貸し切りという約束だ」

「え……」

「もし見たいなら、おまえも出場しろ」

「俺も？」

「冬の女神は、美しいスケーターが好きだ。彼女を感動させることができたら、ひとつだけ願いを叶えてくれる約束だ。私はおまえの靱帯を治してもらうことにしよう」

本当は、オリンピックを前に、凌河のスケートを生で見るため永遠の命を返上するので短い寿命でもいいから人間に戻して欲しいと言うつもりだった。凍った湖底にある肉体が蘇生《そせい》することは不可能だが、あの肉体が崩れ落ち、粉々になるまでの期間だけ、人間として生きることは可能かもしれない。寿命は、地球温暖化が激しくなり、湖が温水にでもならないかぎり、数十年はあるだろう。

だが、それよりも今年は凌河の靱帯を治してもらうほうが大事だ。

そんなことを考えていると、ウサギとキツネが中途半端なスピンをしているのがサーシャの目に入った。

「おいっ、今のコンビネーションスピン、なってないじゃないか。もっとバックをするときにスピードを出して、身体を使って」

氷上にサーシャの声が響く。凌河が驚いたような顔でサーシャに視線をむける。

「どうした」

「いや、俺、サーシャさまの生徒になりたいなと思って」

凌河はがしがしと頭をかいて苦笑した。

「はあ?」

「アイスショーに出るから、俺を鍛えて。お願い」

凌河はサーシャの肩に腕を伸ばした。

黒々とした大きな眸。昔から彼のこの一途《いちず》な眸にサーシャは弱い。

「だが……」

と言いかけたとき、ウサギたちが稽古をさぼっている。

「おまえたちは早く練習しろ、早く」

「はいはい、わかってますって。すぐやりますから」

「怖い怖い、サーシャさまはスケートだけは完璧主義だから」

ウサギとキツネたちが文句を言いながらリンクの中央に行き、スピンの練習を始める。だがあまりにひどくて、がっくりしてしまう。

「まったく、なってないな。私が見本をみせよう。凌河、話の続きはあとで」

サーシャは上着をポンと近くにいたウサギに渡す。黒のタートルネックと黒のズボンに白のラインの入った練習着。サーシャのお気に入りのものだった。

バッククロスで進んでいき、何度も片足に乗って身体をくるくると反転させるステップを続けたあと、その反動で左足でカーブを描きながらスピンのポジションに入る。

その昔、凌河に教えたことのあるスピンだった。

「サーシャさまのスピン、芸術作品のようだ」

どこでそんな誉《ほ》め言葉を覚えたのか。美辞麗句が言えそうにないタイプなのにと苦笑を漏らしたあと、サーシャはリンクの中央を尊大な態度であごで指し示した。

「おまえもまわってみろ。今の私のと同じコンビネーションスピンを」

「え……」

「できないのか」

「あ、いや、やってみる」

凌河は同じようにバッククロスで氷の上を進んだあと、身体をひらき、綺麗に締めてスピンをやってみせた。

「凌河、スピン、下手になったんじゃないか」

返されたコートを肩にマントのように引っかけて腕を組み、サーシャは怪訝《けげん》な口調で言った。

「え……」

スピンを終えた姿勢のまま、凌河がぽけっとした顔でこちらを見る。呆《あき》れたようにため息をつき、サーシャは凌河に言った。

「まったくなっていない。入院して、怪我をして駄目になったのはジャンプというよりもスピンじゃないのか」

「スピンは……確かにあまり練習してないけど」

「もう一回まわってみろ」

「あ、ああ」

何度かやっているうちに感覚をとりもどしたのか、心地よい感じで遠心力の負荷を感じたらしく、五度目のスピンを終えると、凌河は氷についたエッジのあとを確認した。

綺麗な軸で回転していた。基礎がしっかりとしているのもあって、靱帯の怪我も、今のところ、そう大きく影響していないらしい。

「凌河、おまえは全体的にバランスがとれたスケーターだ。基礎がしっかりしてるから、ジャンプの安定感もいい。靱帯の怪我のハンディキャップがあったとしても、それでも全日本クラスでは他の選手よりもずっと優れているはずだ」

氷の上での出来事は、ここにいてもサーシャには見ることができる。

だから凌河のスケートは時々覗《のぞ》いていた。スケーティングの美しさと素直な感性、自然体のままにじみ出てくる表現力にはいつも感動をおぼえていた。

とくに優勝したときの世界ジュニア選手権の演技が最高だった。

彼が滑っていたのは、チャイコフスキーの『交響曲第六番――悲愴《ひそう》』だった。

男しか愛せなかったチャイコフスキーの切ない心情を描いたような曲で、凌河が演じたのはチャイコフスキー自身の生涯だった。

チャイコフスキーの悲愴な人生を、たった十五歳の少年が演じる。

必死に自分の居場所をさがそうとしているチャイコフスキーの祈り、或いは悲哀のようなものが伝わってきて、彼の演技を見ていると胸の奥が痛くなった。

美しいスケート選手は、これまで何人も見てきた。

けれど、彼はそれだけではなかった。

まだジュニアの選手なのに。小柄で細くて、体格もなにもかも未成熟なのに、身体の内側から放出されるエネルギーが他と違って感じられたのだ。

凌河の動きは、彼自身の肉体が楽器となって音楽を奏で、その世界をスケートリンクに描いてしまうとでもいうのか。凌河の身体からあふれ出すものが見えない楽器となって、周囲の空気を一瞬にして変化させていた。

最終的にスケートリンク全体がチャイコフスキーの音楽に支配されたのがわかった。

そのときのことを思いだしただけで魂が震える。

凌河こそ、オリンピックの女神に愛される帝王となるべきだろう。オリンピックの女神は冬の女神の眷属《けんぞく》だ。彼のような男を好む。まさに天才という言葉がふさわしい。

やはり冬の女神に彼の足を治してもらおう。自分が人間になるのは、今年でなくてもいい。すぐに肉体が崩れる心配はないのだから。

「凌河、アイスショーだが、おまえにシングルの振付をしてやる。他にもう一つ……以前に教えた『センチメンタルワルツ』以外に、もう一曲、別のワルツを今風の振付でアイスダンスとして踊ってみないか。私と一緒に」

「え……」

ふりむき、凌河が目を見ひらく。

「じゃあ、俺に……」

「そう、スケートを教えてやる。もっとうまくなるよう、この森が雪に覆われている間、十二年前のように。いや、それ以上に。おまえが再びオリンピックを目指せるようになる方法を一緒にさがそう」

「い、いいの？」

凌河が大きな目をさらに見ひらいて、サーシャを見あげる。

「ああ」

サーシャはうなずいた。氷の上でしか触れられないなら、氷の上だけで思う存分触れあい、思う存分スケートをする。そして彼を最高のスケーターにする。それができれば、サーシャはこの森から永遠に出られなくてもいい。そんなふうに思った。

「おまえと一緒にワルツが踊りたい。いや、むしろ踊って欲しい。私と、冬の女神の前で、ワルツを踊ろう」

サーシャは凌河に手を伸ばした。

「サーシャさまと俺が……ワルツを……」

少しずつ凌河の顔が笑みを形成していく。大人になっても変わらない。感情がそのままストレートに顔に出てしまう。彼のこうした素直さがとても好きだ。

「そう、ふたりでアイスダンスを踊るんだ」

差しだした手を、早く取れと言わんばかりにあごで指示する。

手を伸ばし、凌河がサーシャの手をとる。

「踊る、踊りたい、俺、サーシャさまとワルツが踊りたい」

凌河がそう言ってサーシャの手をとった瞬間、サーシャは彼の背を自分に抱き寄せていた。

愛しいぬくもり。愛しい存在。

「お帰り、凌河」

耳元で囁き、そのままサーシャは彼の背を強く抱きしめた。

4　氷の城

雪豹の王さま——サーシャに会えた。

ずっとずっと会いたくて、心の支えにしてきた人……雪豹の王さま。

『お帰り、凌河』

彼の声、彼のぬくもり、彼の美しさ、そして優しさ、なにもかも記憶に残っていた姿のままだった。そして改めて自覚した。自分は彼が好きなのだと。そういう意味で。そう、初恋のまま心のなかにずっと彼への思いが息づいていたのだ。

そんな気持ちを抱きながら、凌河は、改めて彼と約束をかわした。

『冬の最後の日のアイスショーに出る。そのため、ここでスケートの稽古をする。完全復活を目指して。そのとき、冬の女神に頼んで、靭帯を治してもらう。彼女を感動させるスケートができたとき、彼女はひとつだけ願いを叶えてくれる約束になっているから』

冬の女神が実在するのかどうかわからない。だが氷が溶けるという来年の三月までの間、凌河はサーシャのところでスケートを学ぶという条件で、そばにいさせてもらうことになった。

『凌河、だがこのままだとおまえが行方不明になったと大騒ぎになってしまうだろう。足の怪我を悲観して、自殺したとも、事故で河に落ちて行方不明になったとも。よけいな詮索をされないためにも、従者がおまえの事務所と連絡をとり、倉本凌河は北欧の療養施設で怪我のリハビリ中という発表をさせておいた。余計な騒ぎになることはないだろう』

確かにその心配はある。凌河はオリンピックの有力候補にも選ばれるアスリートであり、今回は誘拐されたとは考えにくいシチュエーションだ。

事務所やスポンサーとの関わりもあり、いきなり行方不明になるとマスコミが大騒ぎをしてしまう。

『ただし、ショーが終わった翌日には、この森の雪が溶けてしまう。そのときはこの世界も消える。だからおまえは出ていくんだ。いいな？』

サーシャの森は、彼が人間社会との境界線にあたる結界を守っていることもあり、うかつに人間が立ち入れないようになっている。

もちろん人間だけでなく、熊や狼《おおかみ》といった肉食獣も入ることはできない。

それもあり、森は雪豹を始めとする氷と雪でできた動物たちの楽園となっていて、冬の間、結界を守るのが雪豹の王さまの仕事となっていた。

けれど夏の間は雪が溶けるので、王さま以外の、雪と氷の動物たちは姿が消えてしまうことになっているらしい。

『それから、氷の上以外の場所で人間の身体になっているときの私が触れるとおまえは凍ってしまう。それは避けたい。だから、氷の上にいるとき以外は、殆どの間、雪豹の姿になっている。ふつうに会話はできるが、人間としてのコミュニケーションはとれない。いいな』

そう言って、サーシャは、彼が暮らす氷の宮殿の最上階の部屋に凌河を案内してくれた。

そこは一部分が氷でできた空間だった。

ベッドも椅子も書棚もすべてふつうの世界のものと変わらないものだが、壁は氷でできているため、触ると冷たかった。

以前にテレビの紀行番組かなにかで、氷だけでできたホテルが紹介されていたが、何となくそのホテルと似ている気がした。

透明感のある円柱、クリスタルでできたようなカウンターやテーブル、それにサイドボードには、日本のなにかで見た切り子模様のようなデザインが施されている。

他には聖堂や広間、リビングなどがあり、温度はずっとマイナス三℃くらいに保たれているらしい。

青や紫を始め、オレンジ、緑、赤といった色彩のライトが各部屋ごとに氷を照らしだし、その光を氷の円柱や切り子模様のチェストが反射し、夢の世界にいるような不思議な宮殿になっていた。

「すごく神秘的で、何て綺麗なんだろう。夢のなかにいるみたいだ。あ、でも、俺、この世界で暮らして凍ったりしない？」

毛皮の帽子とコート、それからブーツを身につけたまま、凌河はあたりを見まわし、白い息を吐きながら問いかけると、サーシャは緋色《ひいろ》のビロードでできた椅子にゆったりと座り、「ああ」とうなずいた。

彼も毛皮を着ているが、その内側は以前も今も帝政ロシア時代の貴族のような格好をしている。当時のまま時間が止まったかのように。

「建物自体は氷でできているが、家具は、さすがに木製だ。絨毯《じゅうたん》も敷かれている。暖炉はないが、眠るときは私が抱いて眠る。そうすれば凍ることはない」

「え、だけど、触れたら凍るって」

「雪豹の姿になれば、おまえが凍ることはない。私の被毛は本物の雪豹よりも極上だぞ。ロシアンセーブル以上の艶と柔らかさ、心地よさだ。おぼえていないのか？　昔はあれだけ心地よく眠っていたくせに」

サーシャに言われ、凌河ははっとした。

ふわふわの被毛に包まれて眠っていたときの心地よさ。それだけで安心感に包まれ、天国を浮遊しているような感覚を抱いた。

「あ、覚えてる。そういえば、子供のときもそうだったね」

子供のとき、雪豹の腕のなかに包まれて眠るのが大好きだった。そういう世界があることに疑問も感じず、素直に喜んで幸せを感じていた。

「子供のときだけではなく……いや、それでいい。子供のときもそうだった」

サーシャはふと眉間にしわを刻んだ。そして切なそうな眼差しで凌河を見つめたあと、触れるか触れないかのところまで手を伸ばしてきた。

「サーシャさま……」

その刹那、凌河のほおに彼の指先が触れかける。ふっと空気の振動が伝わってきた。じっとその眸を見つめる。

視線と視線が絡みあい、胸の奥が甘く疼くと同時に、彼が人間ではない不思議な生き物だということを改めて実感する。

昔はそんな夢のような存在がこの世にいても不思議だとは思わなかった。

けれど二十一歳になった今ならはっきりとわかる。

彼がとても不可思議な存在だということが。

十二年前とまったく変わっていない外見……。氷でできた宮殿のような場所で、帝政ロシア時代のような服装のままひっそりと暮らし、好きなときに雪豹になり、好きなときに人間になる。そして人間になったときは、触れるとたちまち他の生物を凍らせてしまうという。

「サーシャさま……本当に俺に触れられないの？」

震える声で問いかけると、サーシャは手をひっこめて微笑した。

「ああ……この宮殿は一部分が氷でできている、場所によっては私が触れたとしても凍らないかもしれない。だが、もし凍ってしまったら……と思うと、触れるわけにはいかない」

「本当に……本当に……氷の上以外では、俺に触れないの？」

凌河は彼の肩に手を伸ばしかけた。けれどサーシャの鋭い視線にそれを制され、凌河は動きを止めた。

「触るな。死ぬぞ」

サーシャの声が氷の空間に反響する。

「本当に……死ぬの？」

瞬《まばた》きもせず彼を見つめると、サーシャはさらりとした前髪をかきあげ、小さく息をついてベッドサイドに歩み寄り、毛皮を脱ぎ捨て花瓶に飾られている白い花に手を伸ばした。

「従者が見つけてきたらしい。この季節にはめったに咲かない大待雪草《おおまつゆきそう》の儚《はかな》げな花、別名スノードロップともいう。この森のなかで、それでも唯一、咲く花だ」

サーシャはそう言うと、花を手にとり、ふりむいた。

「見ろ」

そっと彼がスノードロップの白い花弁にくちづけする。

（あ……）

ふわっと彼の吐息が触れた瞬間、白い花びらがきらきらと煌めいたかと思うと、手を離した瞬間、空中で花が凍りつき、床に落ちていく。

最後には完全に氷結した花が床に落ち、そのまま氷の粒となって弾《はじ》けてしまった。

「……っ」

その様子をじっと凝視したあと、凌河はこわばった顔でサーシャを見つめた。

見つめあうのを避けるようにするりと凌河に背を向け、サーシャは明かりのついた燭台《しょくだい》に手を伸ばした。

「ついてこい」

サーシャは廊下に出ると、奥へと続く細い回廊へとむかった。

一体どこにむかうのだろう。古びた緋色の絨毯が続く廊下をサーシャが進んでいく。燭台の焔が揺れるたび、サーシャと凌河の影が氷の壁に浮かびあがり、焔の色と影とが氷壁で揺らめく幻想的な空間となっていた。

やがてサーシャは壁一面を数々の肖像画が埋め尽くした部屋へと入っていった。

そこだけは氷の壁ではなく、大理石の床に絨毯が敷かれ、黄金と琥珀《こはく》で彩られた豪奢な空間となっていた。

肖像画のあちこちには燃えたような痕があり、額縁も絵も煤《すす》で黒ずんでいる。

「これは……」

「我がウルソフ伯爵家の歴代当主とその夫人の肖像画だ。ピョートル大帝のころから続く由緒のあるロシア貴族の家系だ」

いつの時代のものかわからないが、古い時代の装束を身につけた男女の肖像画が続いていく。

そしてその最後に、半分燃えてしまった金髪の美しい青年の肖像画があった。

「これが私だ」

肖像画の前に立ち、サーシャがふりむく。

アレクサンドル・エフゲニーヴィチ・ウルソフ。一八九〇年一月生まれ。

さらりとした金髪の、今とまったく変わらないサーシャが今と同じように白い軍服を身につけ、そこに描かれている。

「これが……サーシャさま……」

問いかけると、肖像画を背にしたまま、サーシャが「そうだ」とうなずく。

「私が最後の当主だ。妻も子孫もいない。一九一五年に……ロシア革命のときに死亡してしまった。そのときのまま私の時間は止まっている」

「止まって?」

サーシャはじっと凌河の目を見据えたまま、静かな声で囁くように言う。

「私は死者だ」

「……っ」

死者? はっきりと意味が理解できず、凌河はただ目を見ひらくことしかできない。

「今度、ダイヤモンドダストが降ってくる晴れた日に、凍った湖の下を覗いてみろ。いつもスケートをしているあたりではなく、もっと奥の、一番深いところを」

「湖底？」

「そうだ、目映《まばゆ》いほど晴れた日、ダイヤモンドダストが降る透明な空気の朝だけ、湖底の底に沈んだ私たちを見ることができる。私の死体を」

「――――っ」

「百年前、冬になるたび、私はフィギュアスケートをするため、おまえと出会ったあの湖でいつもスケートを練習していた」

「サーシャさまは……百年前に死んだの？　なのにどうしてここに」

「私の死を憐《あわ》れんだ冬の女神の恩情、いや、彼女のいたずらで、私の魂は雪豹と融合し、冬の間だけこの森の帝王として甦ることができるようになった。彼女はスケートがとても好きだ。偶然なのかどうなのかわからないが、オリンピックの男子シングルのチャンピオンは彼女の好みの選手がとっているよ。だから彼女はスケートをする私のことを当時からとても愛していて死を惜しんでくれて……」

「だけど……あなたは……確かにこの世のものとは思えないほどの美しさだけど……でも呼吸をすれば胸や喉が動くし、凍った湖の上で抱きしめられたときはちゃんとあなたの体温を感じる。それなのに……あなたが死者だなんて」

「さっき、その証拠を見たではないか。私が花に触れたところを」

「あ……」

あまりの事実にがくがくと膝が震え、凌河は全身をわななかせた。硬直したまま、顔をこわばらせている凌河を見つめたまま、サーシャはふっと口元に笑みを浮かべた。

「私が……怖いか？」

怖い？　どうしてサーシャを怖いと思わないといけないのか。

死者だから？　雪豹の化身だから？　自分とは異質だから？

（違う、異質じゃない。サーシャさまは確かにこの世に生きていた。一人の人間だった。貴族の青年として生まれて、革命のときに殺されて……）

それからは雪豹の化身となり、ここで一人、雪の森を守ってきたなんて。生き物に触れると、その相手を凍らせてしまうという運命を受け入れて。

「怖くないよ。怖いわけないだろう……だって……サーシャさまは……サーシャさまじゃないか。俺にスケートを教えてくれて、大きな夢を与えてくれた」

「雪豹に変身するような生き物だぞ。神でも妖精でもゾンビでもなく……魔物なのか妖怪なのか……、人間の姿をしていてもこの世に存在する生物でもない。本物の雪豹とも違う。おまえはそんな生き物でも怖くはないのか？」

念押しするように問われ、凌河はかぶりを振った。

「……でもそれよりも……先に好きになってたから」

「好きに？」

「ああ、あなたの正体を知る前に、俺はあなたを好きになっていた。今もそうだ、ずっとずっとあなたが好きだから」

もしかすると、初恋なのかもしれない。

同性相手に、しかもほんの少しの間一緒にいただけの男性にどうしてこんな気持ちを抱くのかはわからないが、自分にはサーシャだけが特別な存在だった。

今もそう。彼が変わらないままでいることがうれしい。雪豹の彼と一緒にここで過ごせるのがうれしい。

けれどそれが彼の残酷な運命の代償だったなんて。

（そう……残酷な運命の……）

これまでの彼の時間を想像しただけで、胸の奥がどうしようもなく痛くなって、泣き叫びたい衝動に襲われる。自分が泣き喚いてどうするのかという気持ちがあるので感情の波を抑えようとしているが、それでも哀しくて淋しくて仕方がなくて止められない。

あまりにも胸が痛くて、凌河の目元の皮膚がわななき、目の奥が痛くなってきたかと思うと、ぽろぽろと涙が落ちてきた。

「凌河……」

眉間にしわを刻み、困ったような顔でサーシャは凌河を見つめた。

「ご……ごめんなさい……俺……涙が止まらなくて」

百年もの間、淋しくなかったの？　辛くなかったの？　誰かを愛したいと思ったことは？

人間社会にもどりたいと思ったことは？

問いかけたいことがたくさんある。しかしきっとこの人のことだ、そんなことをいちいち訊かれ、同情めいたことを言われるのは望まないと思う。

ぽろぽろと落ちてきた涙がほおを伝い、あごの先から流れ落ちていく。けれどこの空間ではたちまち氷の結晶となってしまう。

ぽとぽとと音を立てて氷の粒が落ちていくのを止めることができない。

「凌河……思いだしたのか」

「え……なにを」

「私のことを」

サーシャさまのこと？

「思いだすもなにも……俺、サーシャさまのこと、一日も忘れたことないよ。いつだって、幼いときの、あの時間は俺にとって大切なものだったから」

「幼いとき……そうか、そうだったな」

眉をよせ、切なげに微笑すると、サーシャは地面に落ちて跳ね返ってきた氷の粒を手のひらで包みこむ。そしてそっとそこに唇を近づけていった。

「そうだ、今世のおまえとはあのときが始まりだった」

凍った涙の粒が彼の唇に触れ、燭台の光を反射してきらきらと煌めく。

「おもしろいな、おまえのほおの涙を拭ってやることはできないのに、涙の粒にキスすることができるなんて」

艶やかに微笑する彼の笑みを見ていると、胸の奥が甘く疼いた。彼の孤独への淋しさと同時に、胸が軋むような切なさと愛しさ。

彼を抱きしめたいと思った。と同時に、抱きしめられたいと。けれどそれはできない。だからこそ、一緒に氷の上でワルツを踊る時間を大切にしようと思った。

そう、靱帯を痛めたくらいで、自分の夢を諦めるような、そんな弱い自分にならないようにしようと。この人が望んでいるのなら、金メダルをとれるようにがんばろうと。

「じゃあ、ワルツを踊っているときにキスして。氷の上にいるときだけ、たっぷりとあなたに触れさせて」

「凌河……」

「俺、スケートがんばるから。冬の女神に感動してもらえるようなスケートじゃなくて、あなたに感動してもらえるようなスケートをしたいから」

せめて触れあえる時間を大切にして、この人に楽しいと思ってもらいたい。この人に、淋しさを感じさせないようにしたい。

翌日から、凌河は太陽が出ている数時間は氷の上でサーシャとスケートのレッスンをするようになった。

それ以外の時間帯は、雪豹になった彼の背に乗って結界のパトロールに出たり、人間の姿の彼からの指導でバレエのレッスンをし、夜半になると、雪豹の姿にもどった彼の腕のなかで眠るような生活をするようになった。

ベッドに毛皮を敷いて、その上に横になって、ふわふわとした雪豹の毛に包まれながら眠る毎日。暖房がないので雪豹の彼に包まれていなければ、凍死してしまうような場所ではあるけれど、雪豹の姿をしている彼と密着していれば、凌河が死ぬことはない。

丸くなった雪豹に包まれながら、その胸にもたれかかるようにして凌河が眠っていると、雪豹が毛づくろいをするように、凌河のほおや首筋を舐《な》めてくれる。

それがとても好きだった。

「気持ちいい、大好き、サーシャさま」

抱きしめてくれる彼のふわふわとした毛にほおをすりよせる。愛しくてたまらないといった気持ちがあふれ、彼の肩を抱きしめる。

「やっぱり夢じゃなかったんだよね。俺……雪豹の毛の感触、なんとなく覚えていたんだ。人間のときの神々しいほどのサーシャさまも好きだけど、雪豹のサーシャさまとぬくぬくするのも大好きだ」

凌河は大きく目を見ひらき、雪豹のあごの下の被毛をぴっと指先でひっぱった。

「痛っ……なにをするんだ、おまえは」

雪豹が非難するような眼差しをむけてくる。

「えっ、だって本物か夢か確かめたかったから」

もう一度、ぴっぴっと長めの被毛をひっぱると、雪豹のサーシャは変なものでも見るような眼差しを凌河にむけてきた。

「なにをするんだ、変態か、おまえは」

「えっ、だから確かめているんだ、痛い？　痛いんだよね。だったら夢じゃないんだ、よかったよかった」

にこやかな笑顔をむけると、雪豹のサーシャはやれやれと呆れたように息をつき、くるりと尻尾《しっぽ》をまき直す。

「やっぱり変だぞ、おまえというやつは」

凌河は彼のふわふわの被毛のなかに指をつっこみ、さらに奥のほうをくしゃくしゃと撫でてみた。

「やめろ、なにをするんだ」

サーシャがびっくりすると、ぴくっと彼のひげの先が揺れる。

「えっ、ちょっと待って。雪豹だから、ひげもあるんだ。すごいね」

ぴーっと指でつまんでひげをひっぱる凌河に、サーシャは耳を垂れ下げ、怪訝そうな顔で首を横に振る。

「痛いって、どうして私でそれを確かめるんだ、自分のほおでもつねってろ」

雪豹の手が凌河のほおをつつく。思わず凌河はその腕をつかんだ。

「本当なんだ、すごい、雪豹の肉球って、毛のなかに埋もれてるってネットに書かれていたけど、やっぱり本当なんだ。かわいい」

凌河は彼の被毛を指先でよりわけ、その奥にある肉球をぷにぷにと触ってみた。

「かわいいだと、この私がか？」

「ああ、めっちゃかわいい。雪豹がサーシャさまでなくても、俺、好きかも」

「許せん。おまえごときにかわいい扱いされるなんて」

「いいじゃん、かわいいからかわいいって言っても」

「くすぐったいからやめろ」

サーシャは手を引っこめようとするが、凌河はなおも肉球を触り続けた。

「いいじゃん。減るもんでもないんだし。人間のときはあなたに触れられないんだから、雪豹のときに触っても」

「凌河……」

雪豹が尻尾を垂れさせる。凌河はそのほおに顔を近づけ、すりすりとほおを寄せて被毛の感触を楽しんだ。

「いいね、肉球も被毛も本物なんだと思うと愛しくなってくる。ねえ、毛の奥って、サーシャさまも他の雪豹と全部一緒なの？」

半身を起こすと、凌河は横たわっている彼の横に座り、上から見おろした。

「一緒って？」

「え……だから、乳首とかペニスとかもあるの？」

「当たり前だ」

「触っていい？」

いろんなサーシャを知りたかった。ネコ科の肉食獣に触ったことはないが、雪豹に似た被毛の多い猫には何度も触れてきた。サーシャを思いだすからだ。

「はあ？　触ってって」

「他の猫みたいに、小さな乳首とか、ちゃんと性器とかがあるのか知りたいんだ」

おかしなことを口にしているのはわかっていた。けれどもっともっと彼と触れあって、もっと彼のことを知りたいという気持ちが勝って、変なことでもやってみたかった。

「どうして……」

「え……サーシャさまのことなら何でも知りたいから」

まじめな顔で言うと、サーシャは肉球でポンと凌河の肩を叩いた。

「バカか、おまえは」

「うわっ」

そのまま後ろにひっくりかえってしまう。サーシャは雪豹の姿のまま、凌河にのしかかってきた。

「襲うぞ、この姿のまま」

見あげると、雪豹の綺麗な目が自分を見下ろしていた。不思議だった。雪豹とこんなふうに戯れている自分が。そして改めてこの雪豹がサーシャだということが。

「襲うって？　俺を食べるの？」

「いや」

「じゃあ、虐《いじ》めるの？」

「まさか」

「他にどうやって襲うの？」

問いかけると、雪豹がわずかに目を細める。

「交尾をする……おまえと。この姿のまま……と言ったらどうする？」

「交尾……できるの？」

「……」

サーシャからは何の返事もなかった。けれどその態度でわかった。彼と自分は交尾することは可能なのだ。

「もし……できるなら……俺、してもいいよ」

さらっと口から出てきた凌河の言葉に、雪豹が耳をぴくりとさせた。気のせいか、ひげや毛先がさっきよりもピンと立っている。驚いているらしい。

「凌河……おまえ」

「それでサーシャさまに触れられるなら、サーシャさまとひとつになれるなら、俺、雪豹の姿のあなたでもいいから交尾したい」

自分でも変なことを言っているのはわかっていた。けれどどうしても言わずにはいられなかった。少しでも彼との絆《きずな》が欲しくて。少しでも彼と一体になりたくて。

「バカな……。意味がわかっているのか」

ああ、と凌河はうなずいていた。

「そんなことを言う人間がいるとは。獣と交尾など」

「俺……変なのかな。だけどサーシャさまなら、どっちでもいいって思うんだ」

本当のことだった。サーシャへの気持ちに嘘《うそ》偽りはなく、人間の彼とできないなら、金メダルをとったとき、雪豹の彼としたい——という気持ちが湧いてきた。

多分、幼いころからずっと彼に憧れていたということもあるし、子供のときからスケートのために見てきたバレエの物語に現実と区別がつかないほどのめりこんでしまうような、どっぷりと別の世界観に入ってしまうタイプだというのもあるけれど。

たとえば『白鳥の湖』のように白鳥から人間になる者がいても、『くるみ割り人形』のようにいきなりくるみ割り人形が王子になったとしても、『眠れる森の美女』のように百年の眠りから目覚める姫がいたとしても、凌河はあまり驚かないかもしれない。

他にも『薔薇の精』『ラ・シルフィード』『ペトルーシュカ』『ジゼル』『牧神の午後』『ラ・バヤデール』……と、スケートで使うバレエの音楽には不思議がいっぱいだったから。

「サーシャさま……してくれる？　俺と……」

凌河は雪豹の下肢にごそごそと手を伸ばした。

「凌河……っ」

やわらかな被毛の奥にある彼のペニスをまさぐる。手のひらで包みこむと、それが形を変えているのがわかった。

「おまえにはいつも驚かされる。獣と寝たいなどという男は初めてだ……」

サーシャはおかしそうに笑った。

「獣じゃない、サーシャさまだろ。雪豹の姿でも魂はあなたに変わりないだろう」

「それはそうだが」

「サーシャさまは？　俺としたい？」

問いかけると、雪豹はふっと口元に笑みを浮かべた。

「したくないと言えばウソになる」

「えっ、じゃあ、してくれるの？」

凌河はサーシャの顔をのぞきこんだ。

「ああ、そして私のつがいにしたい」

それはどういう意味なのか……。

俺のことを好きだと思ってもいいのだろうか？　同じ気持ちでいてくれていると。

鼓動がドクドクと音を立て、ほおや首のあたりが熱くなっていく。

「じゃあ……サーシャさまも……俺を」

凌河はうれしくなって彼にしがみついた。

「お願い、すぐにあなたのつがいにして」

「凌河……意味がわかっているのか」

「わかってないかもしれないし、わかってるかもしれない。でも、俺、つがいになって、あなたと少しでも深くつながりたいんだ」

雪豹のふわふわとした被毛にくるまりながら凌河が言うと、彼が呆れたように笑う。

「冗談だ、異種ではないか。おまえをつがいになどできるわけがない」

雪豹の手がほおに伸びてくる。

「それに私は冬の間しかこんな暮らしはできない。春から秋の間は、ここの世界はすべて消えてしまうのだから」

「人間にはなれないの？」

凌河が尋ねると、雪豹はふっと凌河から視線を外した。

「無理だ、私は死者だ」

「生きているじゃないか。心臓の音がする。血が通っている。体温も感じる」

切なくなり、凌河は彼にしがみついた。雪豹のやわらかな毛皮も大好きだ。

この被毛に包まれているととても幸せな気持ちになる。けれど人間のサーシャと触れあえるのは氷の上だけというのがとても切ない。だからこうしている時間に、少しでもたくさん彼と触れあいたい。

そんな気持ちから再び彼の下肢に手を伸ばした。すると、凌河から離れ、くるりと雪豹が背をむけ、ベッドから下りる。

「凌河、少し離れろ。おまえが変なことを言って妙なことをしてくるから……困ったことになりそうだ。私だって一応オスだからな」

背をむけたまま尻尾を垂れ下げ、耳まで垂れさせている。

オスとして困ったこと？　斑点のある彼のふわふわとした白い背を見ながら、凌河は身につけていた毛皮の上着をするりと脱いだ。

そのまま凌河は衣服を脱いでいった。セーターもシャツもズボンも下着もすべて脱ぎ捨て、ベッドから下りて、彼のいる緋色の絨毯の上に降り立つ。

「凌河……」

背中の気配を感じて、サーシャが顔をあげると、氷の壁に全裸姿の凌河がくっきりと映りこんでいた。氷の壁越しに彼を見つめ、凌河はガタガタと震えながら言った。

「寒い、寒いよ」

歯がかみ合わない。足もひざも唇もわななないたままだ。

「当たり前だ、ここは最高でもマイナス三℃以上にはならないのだから。早く衣服を身につけろ、なにを考えているんだ、おまえは」

雪豹が立ちあがってくるりとふりむく。

「服は着ない。代わりにサーシャさまが俺を抱きしめて」

「凌河……」

「せめて雪豹のサーシャさまとつながりたいんだ」

「雪豹とだなんて」

「美女と野獣であったじゃないか。野獣でもいいから好きだって、美女が思ったら、野獣が王子さまになった場面が。獣のままでもいいから、あなたを愛しているって人間が現れたら、あなたの身に奇跡が起きることがあるかもしれないから」

「獣の私を愛したら、奇跡が起きる……か」

サーシャはくすっと笑った。

「本当におまえには驚かされる。いつもいつも……」

サーシャはふわりとベッドに飛び乗った。そして凌河にも「こい」とあごでベッドの上を指し示す。

「じゃあ、俺を抱いてくれるの？」

ベッドに移動すると、サーシャが凌河の肩に手をかけ、雪豹の姿のままのしかかってくる。

彼の舌先が首筋に触れ、背筋がぞくりとした。

「……っ」

怖い。人間相手でさえ、濃厚なキスも肌の触れあいも、もちろんセックスもしたことがない。けれどこれで奇跡が起きるなら。

そんな思いのまま身をこわばらせていると、サーシャの舌先が首筋から乳首へと移動し、彼の前肢《まえあし》が凌河のペニスや陰嚢《いんのう》に触れてくる。被毛に覆われた肉球に陰嚢をくちゃくちゃと刺激されていく。

「ふ……っ」

その生あたたかな感触にくすぐったいような心地よいような奇妙な感覚が湧いてくる。

それだけではない。同時に奇妙な甘苦しい疼きが芽生え、この感覚をどう受け止めていいのかわからず、凌河はただ息を殺してじっとしていることしかできない。

首筋、鎖骨、乳首……と雪豹のざらついた舌先に舐められると、ざわざわと肌の奥のほうに熱がこもってくる。

そのまま胸骨、腹部、腹筋、そして舌先が内腿にたどり着く。

腰骨のあたりにふわりと被毛が触れたかと思うと、ペニスの先端を軽く舌先で撫でられ、凌河は腰をくねらせた。

「や……あ……っ」

すかさず腿の付け根を前肢で押さえられ、ざらざらとした舌先で性器を舐められていく。感じやすい先端に舌先が触れたとたん、凌河の尿道口からとろりと蜜が流れ落ちる。それを舌ですくわれ、蜜を絡めながら先端を攻め立てられていく。

「あ……っ」

凌河は固く目を瞑《つぶ》った。突きあがってくる不思議な快楽に、自分が自分でなくなるような感覚をおぼえた。けれど怖さもなにもない。獣だとしても、彼はサーシャに変わりない。だからなにをされてもかまわない。

「ん……っ……ふ……んっ」

いつしか雪豹の首の裏の被毛をにぎりしめ、ざらついた舌に濡れた音を立てられながら性器を嬲《なぶ》られていくうちに、もう身体に力を入れることができなくなっていた。

「これまで経験は？」

うっすらと目を開け、凌河はとろりとした眼差しで雪豹を見つめた。一応、これでも人気のあるアスリートだった。同性からも異性からも追いかけられてきた。肉食系の女性アスリートや男性コーチ陣から何度となくベッドに誘いこまれたことがないとはいえない。

「誰とも……」

小声で言った凌河の言葉に、サーシャはふっと笑った。

「そうか。同じだ、私もおまえしか知らない」

「え……」

「生まれ変わる前の……前世のおまえとしか寝たことはない」

「え……前世って……」

「おまえは……領事館で働いていた日本人だった。子供のおまえと出会ったとき、すぐにわかった。おまえは私が愛した彼の生まれ変わりだと。またふたりでスケートができると」

前世の俺？　けれど自分は前世の記憶がない。だからなにを言われているかわからない。

一体、前世の自分とどんな恋をしたの？

前世の自分はどんな人間だったの？

そんな問いかけがしたかったが、サーシャの舌先で刺激を与えられ、問いかけるだけの気力はなくなっていた。

ゆっくりと丁寧にこちらの形を確かめるようにサーシャの舌と口で嬲られるうちに、どんどんそこに血が集まり、熱を孕《はら》んでいく。自然と腰がよじれてしまって、凌河は知らず知らず身体をのけぞらせて甘い声をあげてしまう。

「あ……ぁあ……ああ……ああっ……ああっ」

この声。今までに一度も出したことがないような甘い声が喉から漏れ、それが氷の壁に囲まれた寝室に反響して異様なほど恥ずかしい。

「サーシャさ……待……っ……変な気持ちに……そこ……変に……」

変になってしまうからやめてと、彼の被毛を強くつかんで自分から離そうと試みる。けれど、すいと裏筋を舐められ、背筋に電流が走るような痺《しび》れが襲ってきた。

「ん……ん……あ……ああっ！　あああっ」

激しい羞恥を感じるのに、喉から漏れる凌河の声にはますますの艶が加わり、氷の空間に甘い音楽のように反響している。これ以上……耐えられない。恥ずかしい。

「やめ……」

お願い、もうやめて、おかしくなってしまう——と言いかけたそのとき、ふっと氷の壁にサーシャの姿があった。

そこに映っていた雪豹の姿がいつの間にかサーシャになっている。

「え——っ！」

じかに凌河に触れているのは雪豹だ。

けれど壁には、人間の姿のサーシャが映っている。

（どうして――）

凌河は息を呑んで壁を見つめた。

軍服姿の彼が全裸で足をひらいた凌河の下肢に顔を埋めている、その魂が映っている。

ぴちゃぴちゃと下肢から漏れてくる淫靡《いんび》な音とともに、氷の壁だけを見ていると、まるで人間のサーシャと自分が性交をしているような気持ちがして、どっと胸の奥から熱いものがこみあげてきた。

ああ、サーシャさまが俺に快感を与えている。今、俺はサーシャさまと性交している。

目を瞑ると、雪豹とも人間ともわからない。

彼ならどちらでもいいと思ったものの、やはり雪豹だけでなく、人間の彼からも愛撫《あいぶ》を与えられているのだと思うと喜びを感じずにはいられない。

「ん……ああ……ああっ……」

とろとろとあふれる先走りの蜜をすくい取り、甘嚙みを交えながらくるおしげにそこを嬲っていく。それをくりかえされるうちに、いつしか凌河のそこは雪豹の口内で膨張し、もうこらえきれなくなってきた。

やがてこれまで感じたことのない鋭い快感が衝《つ》きあがってきたそのとき――。

「ああ……ああ────っ！」

雪豹の口内に凌河は欲望をほとばしらせていた。

ベッドに横たわったまま、がくがくと震えながら。ひざがわななき、うなじや背筋には汗がにじみ、甘い解放感と疲労感に呑みこまれていく。

「ん……ふっ……っ」

性器の奥の残滓《ざんし》まで吸いとるように彼の舌先が欲望を舐めとっていく。

「はあ……ああ」

息を切らしていると、雪豹のサーシャはベッドの足下のほうに散乱している凌河の衣服を口に銜えて、腹部の上にかけてきた。

「着ろ」

「どうして……この先のことは」

「これ以上はやめよう」

一枚ずつ衣服を集めて、サーシャが凌河の肩や腹部にかけていく。

「え……でも……俺はあなたとひとつになってもいいと」

胸の上の衣類をたぐりよせながら半身を起こし、凌河は余っているほうの手をサーシャの肩に伸ばした。

「ひとつになったら……奇跡が起きるかもと言っていたな。だが、その奇跡はおまえが期待しているものとは逆のものだ」

「逆――――？」

問いかけると、雪豹は切なげに凌河を見つめた。

「そうだ」

そう言って雪豹は前肢で凌河の身体を抱き寄せた。ふわっとあたたかな被毛に包まれ、冷え始めていた皮膚にぬくもりがもどってくる。

「逆なんだよ、凌河」

哀しげな声が耳の奥へと溶けていく。

「……っ」

「もし私がおまえとつながって……私の精液をおまえの体内に注いだら、確かにふたりの関係は変化する」

愛しげに彼があごをすり寄せ、凌河のほおを舌先で舐める。

「そのとき、おまえは私と同じ生き物……つまり死者となり、おまえの肉体は湖底で凍りつく。そしておまえの魂は雪豹のつがい……そう、雪豹の化身となり……永遠に冬の世界を彷徨《さまよ》うことになる」

「――っ」

「二度と人間社会にもどることはできない……つまりオリンピックに出ることはできなくなる

んだ」

「サーシャさま……でも俺の足はもう……それならここであなたと一緒に生きていくほうが俺には……」

自分のひざではオリンピックで金メダルをとるのはむずかしい。

金メダルどころか、優秀なスケーターたちが群雄割拠する日本のスケート界のなかで、男子シングルの代表に選ばれることさえ厳しいだろう。

今シーズンの終わり、ここを出たら二度とサーシャに会えなくなるかもしれない。それよりもこのまま愛するサーシャとここで生きていくのも、人生の選択肢のひとつではないか、そんな思いが凌河のなかに広がっていた。

「駄目だ」

まっすぐ彼を見つめる凌河の眸から、言いたいことを察したのか、雪豹は険しい表情でかぶりを振った。

「どうして」

「プライドが許さない。心が拒否するのだ、おまえを仲間にすることに対して」

「どうして」

「私はおまえのスケートを愛している人々から、おまえを奪うことはできない。そんな愚かな真似はしたくない。私自身の誇りにかけて」

「え……」

「なにより、私が愛しているんだ、おまえのスケートを。正確には、おまえを愛しているのではなく、おまえのスケートを愛しているんだ」

「俺ではなく……スケートを？」

「そう、私はおまえ自身を愛しているのではない。スケートだけだ。金メダルをとれるスケートの才能……それだけだというのが、今さっき、おまえとの交尾を考えたときにはっきりと自覚できた」

「スケートだけ……ではあなたが愛しているのは……」

「そう、私が人間として愛したのは、前世のおまえだ。美しく凛々《りり》しく、武士道の精神を宿した男。だがおまえは違う。同じ魂を持っているが……おまえは侍のように凛々しくもない。いつも情けないことばかり口にする。過去世のおまえは鋼の心を持っていたのに、今のおまえはガラスのメンタルだ。違いすぎる……だから愛せない」

「俺自身を好きにはなれないの？」

「そうだ、だからスケーターとして輝いて……私を喜ばせろ。それがおまえへの望みだ」

サーシャは強く凌河を抱きしめた。

あたたかでやわらかな雪豹の被毛。このまま彼に抱かれてもいいと思っていた。彼とつがいになれるなら。

けれど彼はそれを望んでいなかった。彼が愛しているのは、自分のスケートだけ。人間として愛したのは、過去世の凌河だけ。違いすぎて身代わりにもできない。

「う……うう……っ」

涙が流れ落ちてくる。こんなに好きなのに。こんなにも大好きなのに。

彼は自分を愛していない。

自分だけが彼のつがいになりたいなどと驕《おご》ったことを考えていたのだ。

そう思うと、哀しくて切なくて情けなくて、どうしていいかわからず、凌河はただ泣くことしかできなかった。

5　過去の記憶

『おまえのスケートを愛している人々から、おまえを奪うことはできない』

サーシャの言葉が脳裏から離れない。

（俺のスケート……俺の……スケートを愛してくれている人たち）

そう言われ、改めてふりかえると、コーチ、ファン、スポンサー……と多くの人たちに支えられて、今の自分がいることがはっきりとわかる。

いや、前からわかっていた。以前は周囲の人間に感謝し、スケートをすることで喜んでもらえることに幸福感を抱いていた。きっとこの世界のどこかからサーシャもそうした自分の姿を見てくれていると信じられたし、そこでがんばることが自分の生きる道だと思っていた。

けれどひざを怪我《けが》してから一変した。それを失いそうで怖くて怖くてしかたなかった。

スケート以外、誰からも望まれていないという事実に、改めて愕然《がくぜん》としたのだ。

だが、サーシャも同じだった。

『なにより、私が愛しているんだ、おまえのスケートを。正確には、おまえを愛しているのではなく、おまえのスケートを愛しているんだ』

彼自身が凌河《りょうが》ではなく、凌河のスケートしか愛していない。

（俺は……俺は……スケートをしていないと誰からも愛されないのか）

改めてそう思ったとき、ものすごい孤独感に襲われた。誰からも自分自身として愛されていない。スケートをしていない自分を無償で愛してくれる相手がこの世にはいない。

自分が選んでそうした人生を歩んできたのだ。家族から離れ、スケートだけをする人生を。

けれどスケートができなくなったとき、自分は誰からも必要とされていなかったということをはっきりと認識した。

（淋《さび》しい……淋しいよ、俺……スケートをしていない俺は……誰からも愛されていない……誰からも求められていない）

はっきりとそのことに孤独をおぼえながらも、それでもサーシャに少しでも喜んでもらいたくて、凌河は懸命にスケートの練習に励むことにした。

（たとえ彼がスケート以外愛してくれなくても、俺が彼を好きな気持ちに変わりはないから。俺は彼を愛しているから……だからがんばろう、そう、できるかぎりのことをして）

彼の人生を思えば、自分の悩みなど小さなものだ。

そんなふうに己に言い聞かせる毎日だった。

そうして凌河がサーシャのところで過ごすようになってしばらくが過ぎた。

夕刻――はらはらと小雪が舞い落ちてくるなか、凌河はウサギの案内で近くの森まで食料をとりにいった。ファーのくっついた大きなフードのついたコートを着こみ、ムートンのブーツを履き、入手した食料を背負いながら、凌河はウサギたちとともに急ぎ足で歩いていた。

冬の間、ロシア北部の上空はほぼ毎日のように分厚い雲が垂れこめ、まったくといっていいほど日照時間がない。よくて二時間ほどだ。

少し進むと森の奥のほうでパーンという木を斧《おの》で打つような轟音《ごうおん》が響き渡り、あたりの空気が振動したかと思うと、はらはらと霧氷が降り落ちてくる。

あの音は激しい低温のため、樹木の幹が裂けて割れる音である。

凍裂という現象らしいが、そのせいで木が枯れることがないのが不思議だ。

「あーあ、もう夜になってしまった」

上空を見あげると、まばゆい半月が、皓々《こうこう》と耀《かがや》いている。何て美しいのだろう。凌河が夜空を見ながら歩いていると、小さな動物が倒れていた。

見れば、かわいいオジロジカの子供だった。

「あ、血が出ている。かわいそうに」

サンクトペテルブルク近郊にはもう殆《ほとん》ど野生のオジロジカはいないらしいが、サーシャの森には他の場所にはいない動物たちもいるので、野生のものがいるのだろうか。

「まわりには足跡もないし……おまえ、サーシャさまの仲間？　それとも野生なのかな？　サーシャさまは、傷ついた動物の保護もされているみたいだし、おいで」

凌河はオジロジカの子供を抱きあげた。

すべすべした肌触りのいい毛が凌河の冷えたほおをくすぐる。

そうして鬱蒼《うっそう》とした白樺《しらかば》の木立が続く宮殿への道を急いだ。

森と湖が織りなす空間。一日中、森を歩いたり、生物や植物について考えたりするのも楽しそうだと思う。もし靭帯《じんたい》が治らなかったら、夏の間はここでひとりで暮らして、冬の間だけサーシャさまと過ごせたら……。

(いやいや、だめだ。彼はスケートをしていない俺を望んではいないのだから)

そんなふうに己に言い含めながら宮殿の近くにある泉のあたりまでもどってきたとき、ふいに腕のなかからオジロジカが飛び降りた。

そして怯《おび》えたような表情で逃げていく。

「どうしたの、どこに行くんだよ」

樹氷をまとった白樺の木立のむこうに通りぬけたとき凌河は、視界に飛びこんだ光景に息を止めた。息を殺し、凌河はおそるおそる現場に近づいていった。

夥《おびただ》しいほどの血痕が雪原に散っている。

「……っ」

凌河はまばたきもするのも忘れて、死骸を見つめた。

数頭のオジロジカが殺されていた。

何て……ことだ。目が釘《くぎ》づけになり、足がすくんで歩けない。

凌河が木に手をついたそのとき、樹氷のむこうに人間の姿が見えた。そのまますぐにその姿は雪豹《ユキヒョウ》へと変わり、その口元には子鹿の死骸が銜《くわ》えられていた。

「あれは……！」

雪豹に変身した男は長身のすらりとした人物だった。だとしたらサーシャではないのか？

もう一頭の雪豹――コンスタンチンも人間になれるのか？　それとも……。


シカを襲ったのはコンスタンチンなのだろうか。サーシャはそんなことはしないはずだ。だが、確かに人から雪豹へと変化するような姿に見えた。

（サーシャさまに尋ねないと）

そう思って宮殿のなかでずっと待っていたが、その夜、サーシャはもどってこなかった。

「今夜は大事なご用があるとかで。申しわけありませんが、凌河さまは、おひとりでお過ごしください。こちらの宮殿は寒いので、暖房のあるところにご案内します」

従者にそう言われ、凌河は氷の宮殿ではなく湖の近くにあるコテージに移動し、暖炉に火を熾《お》こして一夜を過ごした。

どうしてサーシャは帰ってこなかったのだろう。シカを銜えていたのは何者なのか。

そんなことばかり考えていたせいか、なかなか眠ることができず、明け方になって凌河がうとうととし始めたころ、湖ではサーシャたちがスケートのレッスンをする時間になっていた。

「サーシャさま……」

はっとして起きあがって湖に行くと、ちょうどサーシャが使用人たちに振付をしているところだった。彼の専属の音楽家たちが演奏している曲は、バレエ音楽の『シンデレラ』——甘やかなパ・ド・ドゥにあった素晴らしく美しい振付だった。彼同様に、使用人たちも動物の化身になっていて、彼らのシルエットはウサギやキツネのものだった。

彼らは美しいロシア人の男女なのに、影はウサギとキツネというのが不思議だ。

「すごい」

流れる音楽、美しい振付。

王子さまのような容姿のサーシャが、やはりお伽噺《とぎばなし》に出てくるようなふたりに教えている姿は夢のように美しい。プロコフィエフの旋律にあわせ、一見すると美男美女カップルが流れるように滑っていく姿は幻想的に見えた。

「どうだ、すばらしいアイスダンスだろう?」

サーシャが歩み寄り、声をかけてくる。

「あの……サーシャさま……」

「どうした、変な顔をして」

「いえ……あの……もう一頭の雪豹のコンスタンチンって……」

「ああ、彼がどうしたんだ」

「彼も……あなたのように人間になることってある？」

震える声で問いかけると、サーシャはくすりと笑った。

「いや、彼は雪豹以外の姿にはなれないよ。彼を見たのか？」

「え……あ……」

では、昨夜、見たのはコンスタンチンではないのか。

「あの……サーシャさま、生前、鹿の肉って食べたことがありますか？」

「ああ、ロシア料理にあるからな。どうした、鹿肉が食べたいのか？」

ここでは、かつて料理長だった男が凌河のため、食事の支度をしてくれている。

だいたいが朝は、野菜と挽肉《ひきにく》の入ったピロシキとロシアンティ。昼も夜もロシア料理で、食事をするのは生きている凌河だけとなっている。

（そうだ、サーシャさまたちは死者だから……食事は必要ないんだった）

では、昨夜のあれは何者だろう。人間が入りこんできたのか、それともコンスタンチンなのか。

「いえ、俺……ジビエはあまり……。あの、それより、昨夜、恐ろしい光景を見てしまって。

雪原に……」

「オジロジカの死骸だろう。おまえも見たのか」

「あ、ああ」

「あれがコンスタンチンの仕業なのか、人間の仕業なのか私にもわからない。昨夜はその調査で遠出していたんだが」

「コンスタンチンじゃなかったら……」

そもそもコンスタンチンというのは何者なのだろう。

サーシャの話では、彼を憎んでいて、永遠にこの森をさまよう運命にある恐ろしい魔物だという。

「いずれにしろ危険だ。この先、ひとりで森を歩くのはやめろ」

「わかった、そうする」

よかった、サーシャがオジロジカを殺したのではなかった。

でもコンスタンチンでもないとしたら……あれは何なのか。

「じゃあ、彼らの振付の間……あの、俺、練習してきますから」

凌河はスケートリンクに出て、練習を始めた。

ジャンプやスピンの練習のあと、昨年のフリーのプログラムの振付を軽く慣らすように凌河は滑り始めた。音楽は同じくプロコフィエフのバレエ音楽『ロミオとジュリエット』のバルコニーのシーンのもの。静かに始まり、少しずつ盛りあがっていく雰囲気の美しい旋律だった。滑っている自分の姿が氷に映っている。

こうしていると、何の憂いもなく滑っていた昨年末の全日本選手権を思いだす。

スケート会場の喧噪《けんそう》が耳の奥で甦《よみがえ》るうち、脳の奥底にくっきりと刻まれた自分の演技があざやかに甦ってくる。

ロシアの曲で滑っていると、サーシャのことを思いだして切なくなった。

フリーだけでは一位になり、その勢いで、世界選手権にも出場して七位になった。

尤《もっと》も、フリーではノミの心臓が災いして、四回転ジャンプに二回失敗してしまったのだが。

それでも滑っていると、全日本選手権で会場を熱狂させたときのくるおしい感情とともに、充実した感情が甦ってくる。

『おまえをファンから奪えない』

そう、自分はスケートをしてこそ価値がある人間なのだ。強くならなければ。心を強くもって、怪我なんかに負けないで、自分が生きるべき世界でがんばっていく。それを自分の使命として、そこでがんばれるように努力していかなければ。ひざのことは不安だが、それよりももっと駄目なのは本当はメンタルだということに心のどこかで気づいているのだから。

そうして滑っていると、サーシャが声をかけてきた。

「いいな、凌河、その振付……。昨年、ドミトリーに振りつけてもらったものだな」

「あ、そう」

「だけど……いいかげんロシアの曲でばかり滑るのはやめたほうがよくないか」

毛皮のコートを肩にかけたまま、サーシャが尊大に言う。

「それは自分でも思うんだけど……今さら他にどんな曲がいいかわからなくて」

「ラテンの曲なんてどうだ？　『マラゲーニャ』とか、『ある恋の物語』とか、あとフラメンコもいいな。ドラマチックで深いスケーティングの凌河にあっていると思うけど」

「できるかな、俺に」

「ラテンのときは、刺繍《ししゅう》や飾りのないシンプルな衣装がいいだろう。整った目鼻立ち、シャープな風貌、少し淋しげな、それでいて鋭い眸《ひとみ》の目力。凌河にぴったりだと思う。一度、フラメンコやってみないか」

フラメンコ。初めての挑戦だった。

「俺……フラメンコなんて踊れるかな」

「私が教えるんだぞ」

「あ、ああ、わかってるけど」

「おまえのいいところは、怪我さえなければ、どんな難しい技でも器用にこなしてしまうところだ。スケーティングの基礎はしっかりしている。流れのある綺麗《きれい》なフォームで飛距離と高さのあるジャンプが跳べるのもいい。だがなによりいいのは、どんなときでも凜《りん》とした姿勢を絶対に崩さないところだ」

「あ、それはあんまり背が高くないから、少しでもすらっと見せようとして」

凌河は照れ笑いしながら言った。

「凌河、おまえに振り付けたいフラメンコのプログラムは、大人になりきれない若い男性の肉体の美しさ、情熱、そして哀愁だ。サパテアドを氷上で踏めるだけのフットワークが必要だ。明日から、私のパトロールにつきあうときは、背中に乗らず、横を走るんだ」

「えっ！」

思わず凌河は不満そうな顔をした。

「さあ、そんな顔をしないで。では、レッスンを始めるぞ。アイスショー用のものだが、来年のフリープログラムとして使えるようにしよう」

「来年の……」

フリープログラム。果たして自分は選手として復帰できるのだろうか。

そもそも今頃、みんなはどうなっているのか。

「でも……俺にフリープログラムでソレアができるか不安で」

「素のままのおまえでいいじゃないか。昏い情念をまとったようなのが合うから」

昏い情念……？　俺が？

「俺、あんまり深く考えられないし、昏くないって思うんだけど」

ぼさぼさの髪をかきあげ、凌河は苦笑した。

「そうだな。一見するとそうかもしれない。だけど、おまえのなかにそれがある。私には見える。芯の強さも凛々《りり》しさも……そして深い哀しみから湧きでるような情念も。それは今のおまえにはあって、過去のおまえにはなかったものだ」

「え……過去って、子供のときに？」

「いや、生まれ変わる前のおまえだ。私がただひとり愛した男……彼には、おまえのなかにあるような情念はなかった。凛々しくて頭がよくて清雅な青年だった。容姿ももう少し和風だったな。触れると、瑞々《みずみず》しく透明な気持ちになった」

それ……まったく俺と違う人間じゃん——と突っこみを入れたかったが、だから今の凌河は、好きになれない、スケート以外は魅力を感じない、惹《ひ》かれない……とはっきり言われている気がして胸の奥が痛くなった。

「おまえのような個性もめずらしいんだが、せっかくだ、そこをフラメンコの振りつけに生かしたい」

そんなふうに言われると、そうした個性を好ましく感じてもらっているように思えるのだが、彼が愛したのは凛々しく清雅な印象だった過去世の自分。

冥い情念など持っていなかった自分だ。

「変なの、俺、重いものなんて背負った記憶ないのに」

「そうなのか?」

「頭悪くて、めっちゃ軽くて。なにか辛《つら》いことをたくさん経験しても、俺、忘れてしまうところがあってさ。まあ、いいかって。それなのに、みんなのスケートに対する評価は逆なんだ。昏いもの、重いもの、妖《あや》しい情念や色香が身体から揺らぎ出ているって。俺はただのバカで、チャラい男なのに」

「それはおまえの表皮だ」

「表皮?」

「そうだ、両親との決別……自分の人生の他のすべてを捨ててスケートに打ちこんでいること……おまえはすでにたくさんの孤独や哀しみを背負ってきているじゃないか。だからこそソレアが踊れる。私にははっきりとそう感じられる」

きっぱりと断言され、凌河はそれまで口元に浮かべていた笑みを消した。

「あなたにはわかるの? ……俺の本質が」

軽そうな態度、わざとへらへらと笑って弱音を吐くことでずっと隠してきた凌河自身の本質がこの人には見えるのだろうか。

他人から必要以上にかまわれるのがイヤだ、期待されるのがイヤだと言いながら、その実、本当は孤独が怖くて、他人から見捨てられることを極力避けてきた。だから、つい人前で、『俺、駄目なんですよ』『俺、ガラスのメンタルだから』と先に逃げ場を作ってきた。それは、自分にむけられる期待の目や称賛を失うのが怖かったから。だから最初にバリアーをはってしまう。そうなったとしても傷つかなくて済むように。

怪我をしてからも同じだ。スケートを失ったらすべてを失うのではないかと怖れ、消えてしまいたいとさえ思っていた。けれど人前では、いつもヘラヘラと笑って、自虐的な台詞《せりふ》を口にして、ちゃらちゃらとした笑顔でごまかしていた。心の底の一番触れられたくない部分を、絶対に人には言わないように、誰にも気づかれないようにして。それをサーシャは理解できるというのか。

「本質というものは、本人でさえよくわからないものだ。私におまえの内側が百パーセント理解できるかといえばできないだろう。けれど感じるのだ、おまえの身体から揺らいでくる淋しさ、孤独感、愛や人の優しさを求めて仕方がない叫びのようなものを」

アイスブルーの双眸《そうぼう》が切なげに揺らぎながら凌河を捉えている。

ふいに胸が痛くなってきた。胸の深い奥底をぎゅっと搾られるような、それまで感じたことのない痛みと同時に、なにか自分が許されたような心の軽さを感じた。

これまで身体の奥にずっと隠していた重い扉を彼が開け放ってくれたような感覚。

この人の前なら、無理に笑わなくてもいい。軽い言葉でごまかさなくてもいい。

「あなたには負けたよ。さすが長く生きているだけあるね。そのとおりだ、俺はいつだって、人から愛されたくて見捨てられたくなくて……。そんな臆病な自分をごまかそうと笑顔を作って、チャラい態度と言葉で武装していた。だから本番でうまくいかないことが多いんだと気づきながらも、それでも怖くて」

そう、本番で萎縮してしまうのは、ガラスのメンタルのせいではなく、人から失望の目で見られたらどうしよう、がっかりされたらどうしようという、妙なプレッシャーに臆病になっていた自分がいたせいだ。だから伸び伸びと滑れなかっただけ。

「それでいいじゃないか。そのままの自分を表現してみろ。愛が欲しくて孤独が怖くて……さらには怪我に苦しんでいる自分を。そんな自分を赤裸々に表現すれば……きっと滑り終えたとき、おまえは、本当に欲しいものが手に入れられるはずだ」

本当に欲しいものは……そんなものではないけれど……サーシャが言っているのはそうではない。観客からの最高の拍手、心からの称賛。

「だからおまえにフラメンコがあうんだ。それも明るいアレグリアスや華やかなブレリアではなく、ソレアの孤独や哀《かな》しみ、シギリージャの苦悩や嘆きがいい」

孤独や哀しみ……。自分に哀しみがあるのか——といえば、以前はなかったけれど、今は哀しみだらけだ。自分にあっている気がする。ひざの怪我への葛藤《かっとう》、サーシャから愛されていないことへの孤独感。スケートができない自分は誰からも愛されていないという事実。

そしてなにより、サーシャがこの冬の森から出られないことへの絶望的な哀しさ。

それを身体《からだ》で表す。今の自分ならできるかもしれない。

「やってみる、ソレア……俺にしかできないものを」

身体のなかのなにかスイッチのようなものが入るのを感じた。

やれる、俺にはソレアが踊れる——そんなスイッチだった。

「いい目だ、おまえのなかで最高に魅力的なのはその黒い眸に宿った強さだ。スタート地点に立ったときの眼差《まなざ》しがいい。冥《くら》い野性の情念のようなものがある」

そんなに誉《ほ》められると少し恥ずかしいのだが、今の自分にはそんなものがあるような気がしてきた。

「そうだね……そうかもしれない」

「あ、といっても、まだおまえは性的に未熟だから、フラメンコに必要な妖しい色香があるかどうかは、私には疑問に思えるが」

「悪かったね」

凌河は忌々しげにサーシャを見た。視線を絡め、ふっと口の端をあげてサーシャが微笑を浮かべる。

「冥い情念はあるけど、恋愛の泥沼も性的なエロスも未熟なままだ。そこが初々しくていいのだが」

「まだ大学生だし……泥沼やエロスがあったら怖いよ」

凌河は苦笑した。

「大人の男らしさ、オスのエロス……そうだな、そんな色気が身につけば、凌河はすぐに世界チャンピオンになれるだろう。だが、ないままでもいい。アマチュアの間は、できすぎた色気よりも透明感のある王子さまタイプのままで」

「王子さまタイプ？」

「オリンピックの女神さまは、正統派の、王子さまタイプが好きだ。思いだしてみろ、いつだってそういうタイプが金メダルをとっているじゃないか」

確かに言われてみればそういうケースも多いかもしれない。英国のカズンズ、ペトレンコ、ウルマノフ、クーリック……。彼らはその前年まで世界チャンピオンになったことがないのに、いきなり女神の恩恵を受けたかのようにオリンピックで活躍して金メダルをとっている。

「でも、俺、そういう王子さまタイプじゃないけど」

言いながら、凌河がスケーティングをしていくと、ふとサーシャが眉をよせた。

「凌河、ちょっと待て。右足の負傷はわかるが、エッジ系のジャンプがもともと苦手なんじゃないのか」

サーシャは動きを止めて凌河の足下に視線をむけた。

「あ、ちょっとだけ。だからループが下手で」

「確かに、ループのときの入り方がぱっとしないとは思っていたが。そうか、右足の靱帯を痛めているのに、助走のとき、右足に乗る前の左足のインサイドが弱い。だから左足つながりでアクセルジャンプも不得手なのか。そこが苦手だとしたら、スケーティングに偏りが出てくるな。そこだけエッジワークが浅い」

「よくわかるね、こんな動きだけで」

この人は何者なのだろう。雪豹の帝王としてこんなところで暮らしているのに、フィギュアスケートの知識や考えは、凌河の身のまわりにいるインストラクターよりもずっと優れているような気がする。

「凌河、だから私を誰だと思っているんだ」

はい、雪豹の王さま、サーシャさまです、と答えるのはやめた。

「ちゃんと練習したら、俺のエッジワーク……少しはよくなるかな？」

「問題は基礎か。最近、ちゃんとコンパルソリーをやっているか」

「あんまり」

「ループ、ブラケットの図形を、そこに描いてみろ」

「ひゃっ」

「ひゃっじゃない、さっさとやれ」

鬼だ、サーシャさまはこういうとき鬼だ。

だがこうしているとわかる。とにかく真摯にスケートに打ちこんでいる。この人がスケートをしている凌河を好きだと言ってくれているのは誇らしいことなのだというのが理解できる。

雪豹というよりは、冬の世界を司《つかさど》る帝王。氷の世界を美しく作りだそうとする帝王だ。凌河はスケート靴のエッジで氷上に図形を描いてみた。

「いいよ、図形がとても綺麗だ。じゃあ、次カウンターを。左足だけ。前からと後ろからと両方やって。その前に、もう一回、左でループ」

コンパルソリーでもいろんなものがある。ループは、その名のとおり、くるくるとループする円を氷上に描く。イメージとしては、丸っこい雰囲気のハート型の形の、付け根のところがくっついたような感じで描き、ハートの頂点のところにくるっと丸を描いて残すような感じである。凌河はさっと氷上にループを描いた。右足でやるときと、インサイドでやるときの感覚が違う。

「これから練習の前に一時間はやるように。暗いうちに。氷を見ないで、感覚だけで同じように図形が描けるかを」

「わかった、やってみる」

がんばろう。やれるだけのことをやろう。スケートをしている自分を彼から必要とされているのだから。もっともっと喜んでもらえるように。

（そうだ、彼は心からスケートを愛している。だからそのスケートを極めることが……決してこの世では結ばれることのないこの人と俺の絆《きずな》になるはずだから）

凌河はそう実感しながら、いっそうスケートに励むようになった。

もう一度、あのころの自分——人間として生きていたころのアレクサンドルにもどることができないか。凌河と過ごせば過ごすほどそんな想《おも》いがどうしようもなく募ってきていた。

ふつうに他者と触れあえたときの自分に。

＊

氷の上で懸命にスケートの練習をしてオリンピックを目指している凌河を見ていると、サーシャは胸の奥に全身が切り裂かれたような痛みを感じる。

何て愛《いと》しいのだろう。そのままその肩を抱き寄せ、くるおしい想いのままキスをして、彼を抱きあげてベッドに連れていきたい。人としての肌と肌とを重ね、愛しさのまま彼を身体ごと愛したい。けれどそれをすれば彼を殺してしまう。

『俺、雪豹の姿でもいいから、あなたと交尾したい』

彼がそう言ったとき、全身がぞわっと総毛立った。

すぐに欲しくて。そのまま抱いてしまいたい衝動を抑えるのにどれほどの忍耐が必要だったことか。雪豹の姿のまま彼を抱くのは簡単だ。苦痛を与えないようウォトカと白樺の樹液を混ぜた蜜で彼の身体を解きほぐし、彼の体内に挿《はい》りこみ、ゆっくりと時間をかけて交尾をして体内に精を吐きだせばいい。

だがその瞬間、彼は死んでしまう。息が止まり、心臓が停止し、肉体から魂が抜けだし、雪豹のつがいとなって冬の間しか生きられない生物となる。

その代わり、サーシャとも自由に触れあうことができる。互いが互いに触れても凍らせることはない。永遠に、この冬の森で雪豹のつがいとなって暮らすのだ。

けれどだからこそ愛してはいけない。彼は自分だけのものではないから。

彼のスケートを愛し、元気をもらい、生きがいにしている大勢のファンたち。

彼を愛し、育んできたコーチや関係者たち。それから密《ひそ》かに陰から彼を応援している家族の存在。彼らから自分は凌河を奪うことはできない。なにより、歴史に残るフィギュアスケーターとなる彼の未来を、自分のエゴで台無しにしたくないのだ。

閉鎖されたこの冬の森に封じこめることはできない。どれほど愛しくても。いや、愛しいからこそ。凌河が当たり前のように人間としての『生』を歩んでいるからこそ彼を愛しているし、そこで輝いているからこそ愛しくてどうしようもない。

(だから凌河には、本当の気持ちを伝えなかった。スケート以外に、愛を感じないと言って、彼との距離をとった)

目を瞑《つぶ》れば、冬の女神から愛され、オリンピックの金メダルを首から提げて、日本の国歌を歌う凌河の姿が浮かびあがる。

あれが彼の未来。だからその未来をこの手でつぶすわけにはいかない。志半ばにこの世から消えてしまった自分が送れなかった人間としての人生を、彼にはちゃんとまっとうして欲しいのだ。

そんなことを考えながら、結界の境界線にある河のほとりまで警備にきたサーシャは、そこで雪豹の姿から人間の姿にもどった。

凍ったネヴァ河のほとりで、人間社会から漏れてくる夜の明かりを眺める。

頭上には、目映《まばゆ》いほどの大粒の星々が煌《きら》めき、優美なオーロラがカーテンの襞《ひだ》のように幾重にも重なって垂れこめていた。

『サーシャ、彼をどうするつもりなのです』

冬の女神がオーロラのむこうから囁《ささや》きかけてくる。

「どうするって……どうもしない。スケートを教えて、春とともにこの森から人間社会にもどすつもりだ」

サーシャは風に揺れる金髪をかきあげながら尊大に答えた。

『この森の掟《おきて》と私との約束を忘れたのですか？　ここにきた者は生きて外の世界に出られないということを』

「いいえ」

『では、どうして。十二年前は彼が子供だったから見逃してあげたけれど、次に私を裏切ったら、あなたもコンスタンチンのようになる運命なのですよ』

コンスタンチンのように……。それは彼女の脅し文句だった。

眠ることも自ら死ぬことも許されず、ただただ他者を襲い続けて喰《く》らい尽くすことしかできない生き物。彼を殺すことができるのは、冬の女神と同じ雪豹のサーシャだけ。コンスタンチンは身体の飢えを満たすため、ただただ生き物の魂を食べなければならないという運命。彼は己の運命を嘆き、サーシャを仲間に引きずりこみたいと考え、度々、ひどい行為を仕掛けてくる。あるいは、自分をサーシャの手で殺させるために、わざと罠《わな》を仕掛けているのか。

「あなたも怖い人ですね。いいかげん、彼を許してあげればいかがです」

『私に指図するのですか』

そんなにあからさまに怒らなくてもいいものを。どう足掻《あが》いたって、女神は女神、我々とは違う。誰とも時間と生を共有できないということが彼女には耐えられないのだ。自尊心の高さゆえ、猛烈な孤独感に耐えられない、仲間が欲しい、淋しいと言葉にできないまま。

「わかりました。コンスタンチンの話はやめましょう。ですが、私は別にあなたを裏切って彼を生かそうと考えているのではありません。私は自分に与えられた権利を主張するだけ。一年に一度の約束ごと……」

『サーシャ……』

「アイスショーであなたを納得させる美しいスケートをしたら……それぞれの願いをひとつずつ叶《かな》えるという約束」

『彼を人間社会にもどしたいと願うつもりなのですね』

冬の女神からの問いかけに、サーシャはなにも答えなかった。ただ慇懃《いんぎん》にほほえむだけしか。

『どうして返事をしないのですか』

その問いにも答えなかった。しかし、ふっとさっきとは違ってわずかに声をあげて笑った。

『なにがおかしいのですか』

「別に」

『言いなさい』

「別になにも」

『あなたは私には不可解で理解できない人間です』

「それでいいじゃないですか。長い付き合いなんです。謎が多いほうが刺激的でしょう」

『本当にあなたという人は』

「ではそろそろ仕事にもどります。最近、不穏なものが入りこんだようなので」

『ええ、そうですね。森からイヤな空気が漂っています。濁った思念のようなもの。森の浄化を頼みましたよ』

「承知しました、女神さま」

さっと雪豹の姿にもどると、サーシャは雪の森の奥へと進んでいった。人間と雪豹のにおいがする。雪豹はコンスタンチンだ。彼が誰か邪念をもった人間をこの森にひきずりこんだようだ。

(コンスタンチンを殺すべきなのか否か)

冬の女神を怒らせた結果、永遠にこの森をさまよう魔物となり、ただの血に餓《う》えた魔物になったという。

(魔物として……ただ私を仲間にしようと考えているのか、或《あ》いは、自身の死を願っているのか。私を怒らせ、私の手で殺されることを……)

そうしたほうが彼にとっては幸せなのではないのか。

そんな気持ちになるものの、それができないのは、己の未来を見ているような気がして胸が痛むからだ。彼を殺すことは自分を殺すことのような気がして仕方ない。

(コンスタンチン、もう少し待て。必ずおまえを楽にしてやるから。だがもう少し待ってくれ。凌河を無事にこの森から逃がしたあと、おまえの魂を救うため、私にできることをするから)

サーシャに生身の肉体があれば、すぐにでも病院に行って彼に自分の靱帯を移植させるのだが、死者であるため、それはできない。或いは凍った湖の底にある遺体から移植することは可能だが、そうなったとき、サーシャはこの世界から消滅してしまう。

(それはそれで別に後悔はないのだが……せめて凌河がオリンピックで金メダルをとる姿は見ておきたい。そう、もう少し生きていたい)

彼が金メダルをとり、国歌を歌う姿を見るまでは。

それだけの演技をする彼を見たい。たとえ会場で見ることはできなくても、氷のある場所ならどこからでも見ることができるから。

(そう……それさえできれば……もうこの世に未練などないのだから)

そのときこそコンスタンチンの魂を救い、自分もこの世界から消滅しようと考えていた。凍った湖底にいる従者や使用人たちとともに。

6　オーロラの下で

『そのままの自分を表現してみろ。愛が欲しくて孤独が怖くて……さらには怪我に苦しんでいる自分を。そんな自分を赤裸々に表現すれば……きっと滑り終えたとき、おまえは、本当に欲しいものが手に入れられるはずだ』

そう彼に言われたとき、凌河は、自分の本当に欲しいものは彼の愛だと思った。

彼の愛、彼との触れあい、そして彼との絆。そんなものが欲しくて仕方ない。

この冬だけの期間限定のつながりではなく、長い時間を共有したい。そう思うのは間違っているのだろうか。

夜半過ぎ、雪豹の彼に抱かれながら眠っているとき、凌河はふっと目を覚ますことがある。ふわふわとした彼の被毛のあたたかさとやわらかさがあまりにも愛しいからだ。

寝たふりをしながら、そっと彼の手をにぎりしめる。ふんわりとした被毛に覆われた彼の肉球をぎゅっとにぎりしめ、うっすらと目を細めて窓の外の星に視線をむける。

少しずつ星の位置が移動しているように思う。少しずつ春が近づいているのがわかる。このふたりだけの切ない時間は、刻一刻と終わりに近づいてるのだ。

（サーシャさま……俺がいないとき、あなたはここでいつもひとりで寝てるの？　俺がいないとき、あなたはいつもひとりで氷の上を滑るの？）

想像しただけで、胸に激しい痛みを感じる。

従者や使用人たちは、彼のそばにはいるものの、誰も彼と心から打ち解けていない。あくまで主人として忠実に仕えているだけ。身分の違いをはっきりと言動で示し、畏敬の念をもってサーシャに接している。

誰ひとり、彼には優しさを共有できる相手はいないのだ。誰ひとりこんなふうにぬくもりをわかちあう相手はいない。誰ひとり、彼の手をこんなふうににぎりしめる人はいない。

（あなたは……淋しくないの？　ここでこれからもひとりで生きていくの？）

雪豹の手の甲にほおをすりよせると、知らず知らず眸から涙が流れ落ちていった。

「どうした……眠れないのか」

雪豹のサーシャが耳元で囁いてくる。

「ごめん……怖い夢を見て」

「怖い？　どんな？」

「忘れた……ただ怖かったことしか覚えていなくて」

ごまかすように言って雪豹の胸に顔をすりよせると、彼がさらに身体を丸めてすっぽりと腕のなかに凌河を包みこんでくれる。ふわふわとした被毛のむこうから伝わってくるぬくもりが心地いい。目を閉じていると、春の日だまりに包まれているような気がしてくるほどあたたかい。

こうして彼のそばで、ずっと一緒にいるのは駄目だろうか。もちろん彼はそれを望んでいない。スケートをがんばることが彼にこたえることだとわかってはいるけれど。

「ここでずっとそばにいたいって言ったらどうする?」

翌朝、湖に行き、ふたりで踊るアイスダンスの振付を始める前に、凌河は思い切って彼に問いかけてみた。

「オリンピックはどうするんだ」

サーシャは不機嫌そうに言った。

「それはサーシャさまとの再会を目標にしていたからで。サーシャさまに喜んで欲しいからがんばってきた。これからもサーシャさまと一緒にスケートする。ここでずっと。それじゃあ駄目なの?」

「言ったはずだ、おまえを愛する者から奪う気はないと」

「きっと……その人たちは、すぐに俺のことなんて忘れるよ。他にも優秀なスケーターはたくさんいるんだから」

「私はスケーターとしてのおまえしか好きじゃない」

「サーシャさま。でも……俺、もうオリンピック目指すのは」

がんばりたい。そう思う。

けれどここでひとりで生きているサーシャと離れ、自分ひとりでこの先、元の世界でオリンピックを目指せるだろうか。彼の孤独、彼の淋しさに気づいてしまったのに。

「凌河、どうしてそんなことを言うんだ。がんばると約束したのは誰だ。冬の女神に靱帯を治してもらうために練習をがんばっているんじゃないのか」

「スケートはがんばる。サーシャさまとここでがんばる。オリンピックを目指すのではなくて、あなたのために」

あなたをひとりぼっちにしたくないから。

「バカを言うな。私のためだけにスケートをしていたのか。そんなつまらない気持ちでオリンピックを目指したのか」

サーシャは氷の上で、凌河の腕をつかみ、身体を揺すってきた。

「そうだよ。サーシャさまと再会したくて。サーシャさまが好きだから、サーシャさまが会いにきてくれるって約束したから」

しかしサーシャは不満そうに息をついた。

「お願い、俺、元の世界にもどらなくていいんだ、あなたとここにいたい。ここであなたとスケートをする」

「迷惑だ」

サーシャは冷ややかな態度で、突き放すように言った。

「私の視界から消えろ」

「……っ……」

「おまえのような人間とはいたくない」

「……サーシャさま」

「肝心のおまえがそれでは……どんなにがんばって足を治してもらったとしても、結果がついてこない。それでは意味がない」

「……待ってよ、俺も一生懸命やるよ。でも、俺は競技生活のためにスケートをするんじゃなくて、あなたと幸せに過ごすためにここでスケートをしたくて」

「断る」

凌河の言葉をさえぎり、サーシャはわずらわしそうに言った。

「私はおまえと遊びの延長線上でスケートがしたいわけじゃない。おまえとの真剣な絆を築きあげるためにがんばっているんだ。競技者としてひとりで立つ勇気もないなら、おまえと一緒にスケートをする意味などない」

「……っ！」

競技者として、ひとりで立つ勇気。真剣な絆を築きあげるため。

「サーシャさま……」

「今のおまえはダチョウだ」

「え……?」

その唐突な言葉に、凌河は目を見ひらいた。

「ダチョウは恐怖を感じると、頭だけ砂のなかに突っこみ、それで恐怖から逃げたつもりでいる。おまえはそれと同じだと言ってるんだ」

「それはどういう……」

「ここが砂のなかと同じでは駄目だということくらいわかるだろう」

ここに逃げている。それでは駄目だ……ということだ。

「だけど……俺はサーシャさまといたいんだ。サーシャさまをひとりにしておきたくなくて」

きっぱりと言い切った瞬間、サーシャの眸がこれ以上ないほど冷たく凌河をとらえた。

「同情か? 惨めなものだな、私も」

「え……」

「ひとりがイヤだと、いつ私が言った? そんなこと、感じたこともないぞ。おまえからの同情なんて望んでいない。おまえの存在も別の他者も必要としていない」

冷たく切り捨てられ、凌河は唇を震わせた。

「そんなのはおまえの逃げでしかない。おまえは私といたいと言いながら、実は、自分の弱さから逃げているんだ。もっと上の世界を、ちゃんと天を見ようとしない」

サーシャは氷の上を進み、晴れ上がった空を見あげながら言った。

「……弱さって」

「逃げるな。アイスショーでいい演技をすれば、女神がおまえの足を治してくれるのだから。それを願って、元の身体に戻してアスリートとして頂点を目指すんだ」

冬の女神の存在……。再三、サーシャが口にするが、まだ凌河にはその存在がはっきりと認識できていない。本当に願いを叶えてくれるのだろうか。この足を治してくれるのだろうか。

「凌河、天を見ろ。上を目指せ。もっと貪欲になれ。そして頂点をつかむんだ。その覚悟ができるまでリンクに立つな」

サーシャは凌河に背をむけ、湖の中央にむかった。

「さあ、みんなのスケートを見ようか」

そう言って他のメンバーたちの振付を始める。

(ダチョウ？　俺が？　現実から目を背けている？　弱さから逃げようとしている？)

凌河はその場にたたずんだまま、サーシャの姿を追った。

しばらく他のメンバーに教えたあと、自分の練習をし始めた。

「ショスタコーヴィチのロシアンワルツを演奏してくれ。ややゆっくりめ」

楽団にそう言うと、サーシャは本番さながらのプログラムを滑り始めた。

これ以上ないほど優雅なキャメルスピン、それからジャンプ。軽々と華やかに四回転を跳んでいる。自然の氷の上とは思わせないような、滑らかなエッジワークで、スピード感のある細やかなステップを踏んでいく。すさまじい。

（彼こそ、本当ならオリンピックに出られるはずの人なのに……）

けれど人間と共存できない彼は、アスリートとして活躍することなどできない。

ただ年に一度、冬の女神の前でスケートを披露することしか。

そのとき、サーシャの言葉が耳の奥で甦ってきた。

『天を見ろ。上を目指せ。もっと貪欲になれ。そして頂点をつかむんだ』

アスリートとして中途半端な気持ちでやってきていたわけではなかった。

だがサーシャからすれば、そう見えてしまうだろう。まぶたの奥が熱くなり、凌河は鼻をすすった。涙や鼻水が凍ってしまうのもかまわず、手袋をつけた手で口元を覆って。

（俺は本当にダメだ。こんなんじゃ）

自己嫌悪が胸のなかで渦巻き、凌河は湖から離れ、雪の積もった道を進んだ。

サーシャに申しわけない。彼に喜んでもらいたいと思っていたのに、反対に失望させてしまった。そんな感情がどっと堰《せき》を切ってあふれたように眸から涙があふれでていく。すぐに凍ってしまって涙の塊になっていき、ほおのあたりの皮膚がぱりぱりしてきたが、そんなことはどうでもよかった。

「う……」

樹氷の森の間にある、小さな石造りの公園のような場所にあるベンチの雪を払って、凌河はその場に腰を下ろした。はらはらと雪が舞い落ちてくる。寒さにはだいぶ慣れてきたが、今日はずいぶん寒い。身震いがする。

「寒……っ」

白い息を吐き、立ちあがろうとしたそのときだった。

「こんなところにいたのか?」

その低い声。凌河ははっとしてふりむいた。ドミトリーだった。毛皮を着て、毛皮の帽子とブーツを身につけている。ほおに新しい傷痕ができている。あの事故のときのものだろうか。

「ドミトリー先生……どうしてここに」

「あのあと、ぼくだけ発見されて病院に運ばれ、しばらく意識を失っていたんだ。気がついたときには、きみは北欧で怪我の療養をすることになったと声明が発表されていて……」

そうだった。たしかサーシャがそんなふうに発表してくれたのだった。

「どうしてそんなことになっているのかわからず、日本の元コーチに連絡したんだが、発表したこと以上の内容はわからないという返事で。訳がわからなくなって、とにかく事故現場にもどって車で冬の森のなかに分け入ってみたんだ。そうしたら、遠くに雪豹を見かけて……ずっと跡を追ってみたんだが、いつしか導かれるようにここまできたらきみがいて」

雪豹のあとを追って……ということは、その雪豹はサーシャではなくコンスタンチンだ。コンスタンチンはどういうつもりでドミトリーをここまで連れてきたのだろう。

「あの……車で……ここまできたのですか？」

「そうだよ、少し先に停めてある」

森のなかには、車が通れるような道は少ない。橇《そり》でしか移動できないようなところだ。だが、彼がここまでこられたということは——おそらくコンスタンチンがわざと車の通れる道を選んでここまで誘導してきたのだ。なにか思うことがあって。

「こんなところにいたら風邪をひく。ぼくの車にきなさい。そこでゆっくり話をしよう」

「話って」

「ここでなにをしているのか……彼はどこにいるのか……ぼくがなにを知りたがっているかわかっているよね」

「いえ、俺は……なにも」

「いくよ、さあ、早く彼のところに案内してくれ。知っているんだろう、彼の居場所を」

突然、後ろから腕をひっつかまれた。そのまま雪道をひっぱられ、彼の車の後部座席に押しこめられそうになる。

「……いやです、俺、知りませんからっ」

「早く案内するんだ」

無理やり車のなかに背を突き飛ばされ、ドミトリーがドアを閉める。彼はそのまま凌河にのしかかってきた。服をまさぐられ、ズボンに手をかけられ、凌河は驚いて声をあげた。

「やめ……先生、なにをするんですか」

「おまえをぼくのものにする。そうしろと命じられているんだ」

「待って……命じられているって……誰に」

「脳のなかの声に……」

ドミトリーが首筋に顔をうずめてくる。どうしたのか、突然。これまでもこんな強引なことはしてこなかったというのに。

「や……やめて……どうしたんですか……先生っ」

必死に彼の肩を叩《たた》いたり、突っぱねたりする。さらには身体を左右によじってのがれようとするが、自分よりも大柄な彼を押しのけることはできない。どうしよう、イヤだ、嫌悪感が突きあがってきたそのときだった。雪の森からサーシャの声が響いた。

「やめろ、なにをしているんだっ！」

「——っ」

はっとしてドミトリーがふりむいたそのとき、サーシャが後部座席のドアをひらいた。

「サーシャさま……っ」

「え……アレクサンドル……アレクサンドルなんだな」

それまで凌河にのしかかっていたドミトリーが身体を起こす。そんなドミトリーの腕をサーシャがつかみあげていた。

「……っ……サーシャさま……」

サーシャの怒りに満ちた眼差し。ふだんはめったに感情を表に出さないサーシャの眸に激しい怒りの色がにじんでいる。

「アレクサンドル……やっぱりきみなんだね、アレクサンドル」

ドミトリーはぱっと笑みを見せ、凌河に背をむけて彼に抱きついていった。

「会いたかった、きみに会いたかったんだ、ずっと」

「私に会いたいという理由。そのために凌河を利用したのは知っている」

サーシャの言葉に、凌河ははっとした。

「そうだ、ぼくはきみの正体が、ロシアに昔から囁かれている伝説の雪豹だということに気づいていた。凌河が以前にインタビューで雪豹に助けられたと言っていたことがあった。だから凌河といればきみに会えると」

「わざと彼を犯そうとして、私をおびき寄せたのか」

「会いたかったんだ、伝説の雪豹……雪豹の帝王……。ぼくはきみにスケートを教えているときからずっときみだけを」

ドミトリーはサーシャのことがずっと好きだったのだ。

だがその接点が凌河しかないから、彼は自分を生徒にしようとしたのだ。

利用されていたことへの淋しさが胸に広がっていく。凌河のスケートを好んでくれていたのではなく、サーシャに会いたいがためだけに。

「ドミトリー……おまえにはずいぶん技術的なことを教わって感謝している。だが私はおまえのそういう卑しい根性には反吐《へど》が出る」

「く……」

サーシャはドミトリーの身体を雪原に投げつけた。そのとき、ドミトリーの後ろに、サーシャではない別の雪豹がいることに気づいた。

「あれは……」

コンスタンチンだった。じっとこちらを見つめたあと、くるりと背をむけてその場を去っていく。

そのとき、目の前で起きたことに凌河は身体をこわばらせた。

「っ……」

凌河は呆然《ぼうぜん》とドミトリーの姿を見つめた。サーシャが手を離したため、ドミトリーの身体が氷像のようになっている。倒れこんだままの形で、動くこともなく——。

「コンスタンチンだ。彼がわざとドミトリーをここに」

「じゃあシカを殺したのは」

凌河はかすれた声で問いかけた。

「あいつだ」

腕を組み、サーシャは怪訝《けげん》な声で言った。

「ドミトリー先生はどうなるの？　元に戻るの？」

「だめだ、私が触れてしまった。だから凍りついてしまった」

「……っ！」

触れただけで氷になる。正確には、触れたあと、サーシャの手から離れると氷になるのだが、以前に見た花のように、人間まで同じことになるとは。

今、この瞬間、凌河はサーシャがどういう生き物なのかはっきりと知った。

「何で触れてしまったんだよ、凍ってしまうのに」

「おまえに乱暴なことをするからだ。コンスタンチンに操られたのも、邪心があるからだ。清らかな心の者は、コンスタンチンに支配されない。彼に支配されるのは、心に邪悪を持った者だ」

「だからって」

「それだけの人間だ、仕方ない」

サーシャは冷たく言い放った。

「だけどこのままだと……ドミトリー先生は死んじゃうじゃないか」

凌河の問いかけに、サーシャは当然のように答えた。

「春がくれば、溶けて消滅する」

「そんな。どうすれば、先生をもとに……」

凌河は絶望的な眼差しでサーシャを見あげた。

「どうすることもできない」

「冬の女神に頼んでも？」

「女神に？」

「ああ、アイスショーのあと、願いをひとつ叶えてくれるって」

「願いはもう決まっているじゃないか。私はおまえがこの森から出られることを願う。おまえは、足を治すことを願う」

足を治すこと。靱帯の断裂を治す。それを願うつもりでいた。

「いいよ、足よりも命のほうが大事だ。俺、女神に頼む。ドミトリー先生を元の世界にもどして欲しいって。人間にもどして、ここでの記憶を削除して。それなら何とかなるよね」

必死に言う凌河の言葉に、サーシャは眉をよせた。

「怪我が治らなくてもいいのか。それを言い訳に、また逃げようとするんじゃないのか」

その言葉に、凌河は大きくかぶりを振った。

「……違う、俺、もう逃げないって決めたんだ。やれるかぎりのことをやっていく」

「凌河……だからこそ怪我を」

「いいんだ、膝のことは。女神に頼んで、魔法で治してもらっても……俺の足じゃない気がする。俺、ちゃんと現実の世界で生体移植の手術をうけるよ。今からドナーをさがしていると、オリンピックにまにあわないから、自分の身体の一部から自家移植してやり直すよ。だから、俺は怪我のこと……願わなくていいんだ」

凌河は笑顔で言った。作った笑みではなく、心からの。凌河の決意の強さがわかったのだろう、少し不満げな顔をしながらサーシャはあきれたように言った。

「なら、もう私はなにも言うまい。アイスショーで完璧な演技をしろ」


完璧な演技をしろ——。

それから凌河は黙々とスケートの練習をした。足の怪我が治らなくてもカバーできるように、筋力トレーニングを兼ねて、サーシャが雪豹として結界の端まで警備をしにいくときに、必死に自分もランニングをしてつきあっている。

辛ければ背中に乗せてやると言われたが、訓練だと思ってできるかぎりランニングするようにした。それでも、雪がふんだんに降った森の小道を走るのは一苦労で、しかも森が広すぎるのもあり、結局、帰りはいつも彼の背に乗せてもらっていた。

「……今夜こそ……帰りも走ろうと思ったけど……やっぱ無理だ」

「やれやれ、仕方ないな、だがもう少しがんばれ。今夜はこの坂の上まで行く」

「ひぇええっ！」

「ひぇええっじゃない、変な声を出してないで、あと少しがんばるんだ」

しっぽを立て、凌河の前を走っていく雪豹のあとを、懸命にランニングしてついていく。叫び声をあげたものの、以前よりもずっと足が鍛えられていることが実感できる。

怪我を治して欲しいと願わない代わりに、冬の女神にドミトリーの命を助けて欲しいと願う。そう決意してから、自分のなかでなにか大きな覚悟ができたせいかわからないが、以前よりも足のことが気にならなくなってきていた。

少しぐらいひざがぐらついても、前のように不安にはならない。他の部分でカバーしようという気持ちが前に押し出てくる。

そうして彼の後ろを必死になって走って、雪の森を突き進んでいく。

最初は走るだけで精一杯だったが、こんなふうに毎晩くりかえしていると、雪の森にいろんな顔があることに少しずつ気づく。

きらきらと天から降っている樹氷。それから雪の華。それと同時に、改めてサーシャがとてつもなく孤独だということを実感する。

「さあ、着いた。今夜はここまでだ」

雪豹が森の外れまできて、凍った湖の見える断崖にたたずみ、青白い月を眺める。

はあはあと肩で息をしながら追いついて、周囲を眺める。何という美しい夜の森だろう。

「サーシャさま……淋しくないの？」

「前に言っただろう、別に淋しさなど感じたことはないと」

「本当に？　いつもひとりでいるのに」

背中から顔をのぞきこもうと問いかけると、雪豹は表情を変えないまま、ただ空に浮かびあがった星々を見つめていた。

「ひとりじゃない。従者も使用人も……それから冬の女神もいる」

「冬の女神……どこに」

「空に……」

釣られたように夜空を見あげる。すると極北の大空をオーロラの冷たい色彩をした焔《ほのお》がゆらゆらと揺らめきながら竜巻のように舞いあがっていくのが見えた。

「あのオーロラが俺たちのスケートを見てくれるの？」

「そうだ。彼女が冬の女神だ」

オーロラが冬の女神？　凌河は我を忘れたように上空を見あげた。

ほんのりと紫がかった青い光が少しずつ輝きを増していく。竜がのぼっていくように揺れながら全天へと広がっていくと、雪をまとった森も凍った湖も、そして雪豹も凌河もすべてが薄い青紫のオーロラの光に包まれていった。ふつうに日本で暮らしていたら、きっと一生関わることのなかった自然がそこに広がっている。

何という雄大な光景なのか。圧倒されてしまった。それは自然の美しさへの感動、神聖な気持ちというよりも、自分という存在が木の葉のようにちっぽけに思えてくるような恐怖心に似た感覚だった。


冬の女神――オーロラが本当に存在しているのかどうか。それに、あのような雄大で、天空を支配するような存在が自分のスケートを見て果たして感動してくれるのかどうか。そんな疑問が湧いてきた。けれど彼女がアイスショーを楽しみにしているというサーシャの言葉をとにかく信じることにした。というよりは、その言葉にすがりたかった。

それから毎日ふたりでワルツの稽古をした。

ショスタコーヴィチのロシアンワルツ。以前に教わったチャイコフスキーの『センチメンタルワルツ』とは違う、ドラマチックで情熱的なワルツだった。

アイスダンスはしたことがなかったが、サーシャの導きですぐに専門的なワルツのステップを踏めるようになった。

午後三時、氷の上でふたりだけでワルツの練習をする。彼の従者たちが現れ、ヴァイオリンやチェロで曲を演奏してくれる。彼らの影はキツネやウサギなのだが、演奏しているときの姿は人間で、帝政ロシア時代の装束を着ていた。

「暗くなってきたが、続きをするか」

白樺に囲まれた楕円形《だえんけい》の湖。雪をまとったロシアの森が氷に映り、空いっぱいにまたたき始めた星がきらきらと煌めいている。宝石をちりばめたような氷の湖というのを生まれて初めて見た。さらさらと風が森から雪を運んでくる。

「ワルツらしく、優雅に、帝政ロシア時代に思いをはせて。たとえばそうだな、凌河がアンナ・カレーニナで、私がウロンスキーで」

「年齢的に逆だよ。俺がウロンスキーで、サーシャさまがアンナだ。でもその物語は、今年、エキシビションでやる予定だったからテーマが被るし……悲恋はあんまりやりたくない。最後にアンナは死んでしまうじゃないか」

「では、なにかイメージリクエストはあるか？」

「ハッピーエンドがいい。たとえば……あのお伽噺……『雪豹の王さまと冬の森』に出てくる王子さまみたいに」

思いつきのまま言うと、サーシャはふっと眉をひそめ、翳《かげ》りのある眼差しを凌河にむけた。

「あんな物語が好きなのか？」

「だって……あの物語の王子さまが……すごくあなたに似ているから」

ロシアのお伽噺。サーシャがモデルではないかと思わせるほど、彼とそっくりな雪豹の王の物語だ。昔むかし、冬の女神に愛され、雪豹の王さまになった王子さま。彼はとてもスケートが得意で、森の動物たちといつも冬になると凍った湖でスケートをしていた。

冬の森の動物たちから愛され、氷の城に住み、美しい舞を見せて。その姿をオーロラが綺麗に輝かせていて。

(それでどうなったんだろう。あまりにも幼いときに読んだせいか……ラストを忘れてしまった。でもすごく読後感が良かったから)

記憶を辿《たど》ってラストを思いだそうとしていると、サーシャはやるせなさそうに微笑した。

「凌河、あの物語はハッピーエンドじゃないぞ」

凌河は小首をかしげた。

「そうだっけ。あの物語……最後、どうなるんだっけ」

「さあ、忘れた。つまらない物語だったからな」

「でも……俺、好きだったよ。子供のとき、一度読んだだけだったけど、ものすごくいい話で、感動して泣いた記憶がある」

「それは当時のおまえにロシア語の読解力がなかったからだ。あんなどうしようもない駄作にわざわざ感動するな。あんな主人公と似ているなんて不愉快だ」

「ごめん」

肩を落とした凌河の背に腕をまわし、サーシャは身体を抱き寄せてきた。

「じゃあ、この物語はどうだ。舞台は革命前のロシア、サンクトペテルブルクの王宮の舞踏会。ワルツが流れるなか、美しい貴族の青年と、日露戦争の後処理のため領事館につとめていた若き青年が出会う。そのときはあいさつを交わしただけだったが、後日、ふたりは雪の森のなかで再会するんだ」

その物語は……まさか。凌河は目を見ひらき、サーシャを見あげた。

「ふたりはスケートを通じて親しくなり、惹かれあい、やがて愛しあっていく。美しいスケートには、国境も国籍も身分も人種も関係ない。芸術はあらゆる境界線を越えて人と人を結びつけるもの。そんな理想を胸に抱きながら」

やはりそうだ。彼が愛した過去の男との物語。その男は凌河の前世だと言っているが本当かどうかは誰にもわからない。けれどサーシャはそう思っている。

「俺に……彼の役をやって欲しいの？」

問いかけると、サーシャは目を細めて微笑し、「いや」と答えた。

「無理にやる必要はない。言ってみただけだ」

「やって欲しかったらやるよ。いや、違う、やってみるよ、俺、やってみたい、その物語の日本人役を」

サーシャの肩に手をかけ、凌河は祈るように言った。サーシャが望むなら、スケートの間だけでも、彼が愛した過去の自分を演じたい、そう思った。

「まさか……なにか思いだしたのか？」

「え……」

思いだした――――？　サーシャはそれを期待しているのか？

目をみはって彼を見あげていると、サーシャは淡く苦笑し、上空を見あげた。

「いや、何でもない。じゃあ、試しにやってみようか。ロシア革命前の、あの宮殿での舞踏会を再現するかのように。ふたりが出会ったときの光景を思いだして。ショスタコーヴィチはそのころの作曲家ではないが、彼が作曲したロシアンワルツは、あの夜、流れていた音楽にとても似ているんだ。だから……」

確かに、その曲は、ひとつの時代、ひとつの帝国、ひとつの王朝の、華やかさがまさに終わろうとしている黄昏《たそがれ》の光芒《こうぼう》を思わせるような、甘美で、哀愁に満ちていて、旋律のそこかしこがロシア民謡的で、踊り続けずにはいられないようなものだった。

「テーマは、愛だ。それが表現できたら、このプログラムはとてもいいものになる」

愛……サーシャへの愛。自分の内側にある愛しい相手への気持ち。それならいくらでもあふれそうなほど表現ができる、そう思った。

蒼白《あおじろ》い月の光が真っ白な雪に覆われた白樺の森をきらきらと煌めかせている。

風が吹くたび、ひらひらと凍った雪が木々の間から落ちてくる以外、動いているものがなにもないひっそりとした樹氷に包まれた森。演奏家たちが演奏する音楽と、ふたりのエッジが氷を削る音だけが大きく響く空間となっていた。

いつまでこうしていられるのか。いつまでこの人といられるのかわからない。

(だから、あなたが望むなら、精一杯、過去の俺を演じるよ。このワルツの間だけでも。凜とした清々《すがすが》しい百年前の日本の若者。その彼が生きた時代のことはよくわからないけど、映画やドラマ、本で見た記憶を頼りに凜々しく踊ってみせる)

そう、今、ここにいるのはヘタレで、おバカで、ガラスのメンタルをした倉本《くらもと》凌河ではない。百年前、領事館につとめ、王宮の舞踏会にも顔を出していた日本を代表するような青年だ。そしてこのロシアの地で、まだ本当の人間だったころのサーシャと出会って、スケートを通じて愛しあった人……。

(いいな、過去の俺……マジでうらやましい。いや、それを通り越して、憎たらしいくらいだ、ちゃんとした生身の人間としてサーシャさまと触れあえたなんて。心も身体も結びつけることができたなんて)

そんな思いを抱きながら、凌河はサーシャとワルツを踊り続けた。

愛というテーマに自身の想いをこめて。

「――今夜は私の背に乗れ。行きたい場所がある。しっかり摑《つか》まってろ」

その夜、スケートの練習のあと、凌河が食事を済ませて宮殿でストレッチをしていると、サーシャが声をかけてきた。

「あ、ああ、でもどこに」

「結界の外れだ。時間がかかる」

「長時間、背中に乗っても平気なの？」

「おまえの足だと、今夜中に行き帰りができない」

「一体、どこにむかうのか。凌河は彼の背に乗り、ふわふわとした被毛に摑まった。

「しっかり摑まっていろ」

うながされるまま、彼にしがみつく。それを確認し、サーシャは雪の森林を疾走し始めた。

「う……っ」

ものすごい勢いで空気が移動していくのがわかる。今までは、凌河の走る速度に合わせてくれていたらしい。白樺の木々から木々へ、雪をまとったモミの木からモミの木へ。それから凍った川を越えて、凍った湖の上を走り抜け、真っ白な雪に包まれた夜の森を駆け抜けていく。

肌を突き刺すような冷気に身震いする。果たしてどこに行くのか。

「——ここだ」

彼が到着した先は、雪に覆われたシンとした静かな墓場だった。

夜の闇の奥から、シカの鳴き声が聞こえてくる以外に、何の音もしない静けさのなかにいると、雪の森に慣れているとはいえ、少し怖くなってくる。

「こっちに。足下に気をつけて」

雪豹から人間の姿に変わると、サーシャは雪と雪の間にできた道を進んだ。

そこに建っているのはヨーロッパによくある十字架型の墓ではなかった。雪をまとっているが、四角くて黒い石の墓がならべられ、ロシア文字で名が記されているのがわかった。墓石にはロシア特有の、華やかな装飾や絵が刻まれている。

雪の積もった凍った道を踏みしめ、樹氷をまとった木々がとりかこむ墓地を進んでいく。墓石と墓石の間にしきつめられた石の路《みち》は完全に凍っていて、ちょっと油断すると滑ってしまいそうだった。こんな場所にサーシャは何の用だろう。

「今夜は冬の女神が顔を出すかと思ったが、何の気配もないな」

「あ、ああ」

確かにオーロラの気配はない。雪と氷に包まれた墓地の上空にはただただ満天の星が輝いているだけだった。

「ここはロシア正教の教会だ。ソビエト時代に武器庫にされ、すっかり荒れてしまったが、その奥にある霊廟《れいびょう》には私の祖先が眠っている」

サーシャはそう言って立ち止まった。雪をまとった白樺やモミの木に囲まれた墓所の真横にはさびれたロシア正教会が建っている。雪の間から見え隠れする丸い屋根にロシア正教の十字架がかかげられていて、小鳥の巣の痕跡のようなものが見えた。

「過去の世のおまえとここにきて、あの教会でそっとふたりで愛を誓った」

あの教会というのは、廃教会のことらしい。

「オーロラや北極星をふたりで眺めたのに、今、彼はいない」

凌河は夜の空を目を凝らして見つめた。綺麗な北極星が輝いている。極北の地からだとこんなにもはっきりと大きく見えるのだということを改めて知った。

「そして、ここで命が尽きた……」

突然の言葉に凌河はサーシャの横顔を見あげた。

「命が尽きたって？　……過去は俺……だけ助かったんじゃ」

確か、革命軍から逃れ、過去世の凌河だけが生き残ったと聞いていたが。

「おまえは、ここで死んだ。オーロラを見あげながら、私の死を哀しみながら」

サーシャの話によると、過去世の自分は革命軍から逃れ、ポーランドにむかう列車に乗ろうとしたが、サーシャからもらったスケート靴をとりにもどったとき、死の報せ《しら》を耳にした絶望の果てに、この墓場で息絶えてしまった。

「あの教会には、そのときのふたりのスケート靴が置いてあった。過去世のおまえはどうしてもそれを持って行きたかったんだ。だが持って行けなかった。もどってきたそのとき、私の館が革命軍に燃やされ、全員が死亡した話を神父から聞かされた。絶望のあまり、過去のおまえは我が家の墓標の前で力尽き、眠るように亡くなってしまったらしい」

そしてここで亡くなっているのを哀れに思った神父が地面に埋葬した。

サーシャはどうしてこんな話をするのだろうか。その話を聞いても、凌河が前世の自分になれるわけでもなく、過去の彼が甦ってくるわけでもないのに。

「過去のおまえの魂は、ここで眠りについた。私とスケートへの気持ちを抱えて。私もそうだった。どうしても彼への気持ちとスケートへの情熱が消えない。その気持ちだけが私の『生』を支えているといってもいいほどに」

サーシャの『生』……。確かに、彼のなかに存在するのはそれだけかもしれない。むしろ過去の凌河への彼の愛がスケートへの執着となったのではないだろうか……。

「おまえがロシアにやってくる外務公務員の子供に産まれたのも、偶然ではない。私のスケートを見ておまえが感動したのも。いや、おまえがドミトリーの教室でスケートを習う時期に、私がふいにスケートを習いたくなったのも。すべては愛しあいながらも引き裂かれた私たちの魂が呼びあったゆえだろう」

サーシャの言うとおりかもしれない。そうでなければ、百年も経った今、ふたりが同じようにスケートを通じて巡りあうことなどなかったと思う。

「俺とあなたの魂は……スケートがあったから巡りあえたということか」

ぼそりと凌河が呟《つぶや》くと、サーシャは「そうだ」とうなずいた。

「私と過去のおまえ、そして今のおまえをつなぐのはスケートだ」

「スケート……」

自分とサーシャの不思議な出会い。不思議な関係。スケートを真剣にするしか自分たちが生きていく方法がないことも。

「サーシャさま……今も彼を愛してるの？」

問いかけると、サーシャは静かに呟いた。

「すまない」

すまない。それは、今の凌河を愛せないということだ。

「謝らなくていいよ。でも……ちょっとだけ今の俺に、ぬくもりの思い出を与えて欲しいと言ってもいい？」

「ぬくもりの思い出？」

「ああ、ここなら大丈夫だから、ここにきて。凍っている。ここで俺を抱きしめて」

凌河は凍った場所を選び、サーシャに手を伸ばした。

「抱きしめて。ここでだけでいいから」

「凌河」

サーシャが近づき、抱きしめてくれる。ふたりで彼がはおった毛皮のなかで、熱く抱きあう。

彼の胸のなかでまぶたを閉じ、過去のことに思いをはせる。

じっと耳を澄ましていると、風の音がいつしかヴァイオリンの音となり、木々のざわめきがチェロとなり、ありとあらゆる自然の音が哀調を帯びた旋律を奏でているかのように凌河の耳に響いてくる。そしてスケートリンクで滑っているふたりの姿が見えてくる。そんな光景を想像して胸が痛くなってきた。

「好きだ、大好きだよ。きっと過去の俺もあなたのことが大好きだったと思うけど、今の俺もあなたのことが大好きだから。過去の俺でなくてごめん。別人でごめん……」

「……謝らなくていい、謝るのは私のほうだ」

「俺も謝って欲しくない……今だけ、ぬくもりをもらえたら……それでいいから。昔の俺より好きにならなくてもいいから」

凌河はサーシャを見あげて祈るように言った。そんな凌河を見つめ、サーシャは微笑した。

「安心しろ、昔のおまえよりも好きなところがあるから」

「本当に？」

「スケートだ。昔のおまえのスケートよりも今のおまえのスケートのほうが好きだ。技術の問題ではなく、表現しようとするものの本質……そこに惹かれている」

「スケートか……。スケートをしていない俺は……日本でもそうだったけど、誰からも愛されないんだ。何の魅力もない。あなたもそうなんだね」

言っているうちに目尻に涙が溜《た》まってきた。

「泣くな、凍る。それより喜べ」

「何で……」

「おまえは人間として充分に魅力的だ。愛らしさ、素直さ、ちょっとしたバカさ、ちゃらちゃらした言動もおもしろい。だが、そんなものをすべて消し去ってしまうほど、おまえのスケートは圧倒的な魅力に満ちている。それはすごいことじゃないのか」

そうなのだろうか。そこまでのスケートが自分にできているのだろうか。

「わからない……俺には……どこまでできているのか。でも……もしそうだったら……そこでしかあなたとつながっていけないのだとしたら……それでもいいからがんばるよ。だから……俺に……ご褒美を」

サーシャを見あげ、凌河は笑みを作った。いつものように強がった笑みを。

「ご褒美というのは……キスでいいか？」

「キス……してくれるの？」

「おまえが本気で金メダルを目指すなら」

「目指す、目指すよ」

「では約束のキスを」

サーシャはそう言って、凌河のあごに手をかけ、くちづけしてきた。

「……ん……っ」

優しく包みこむようなキスだった。凍った場所でしか触れあえない。これ以上は求めあえない。だからこそなにもかも切なくて、大切に思えた。

そのとき、夜空にオーロラが広がるのが見えた。

今夜はオレンジ色から茜色《あかねいろ》へと変化していく熱っぽい色のオーロラだった。オーロラに赤みが加わり始めると、春がもう近い証拠だとなにかの本で読んだことを思いだした。

そう、春はもうそこまできている。

その予兆を示す光の揺らめきが、寒気によってすべてのものが凍りついた極北の地に、ほんのわずかなぬくもりを与えてくれるような錯覚を抱く。

「ん……ん……ふ……っ」

互いに互いの背に腕をまわしてくちづけする。

今このときだけ。氷の上だけでしかくちづけできない。そのことが切ない。

けれどどうすることもできなかった。本当はそのまま抱かれたかった。そしていっそ彼と同じ世界の生き物になりたかった。

彼が過去の自分ではなく、今の自分を愛しているのなら。彼がそうすることを望んでくれるのなら。何の迷いもなく。

けれどこのひとは、凌河がスケートで輝くこと以外なにも望んでいないし、それ以上の感情も求めてこないのだから。

なにもできない自分に歯がゆさを感じながら、凌河はサーシャとのくるおしいくちづけにただただ身を任せ続けた。

7　アイス・ワルツ

オーロラの光に日ごとに赤みが加わっていくにつれ、極北の地に少しずつ春が近づいていた。あたりは寒気に包まれているものの、それでも時折、森のなかで冬眠から目覚めた小動物の姿を見かけるようになり、日照時間も長くなり、春が近づいていることがわかった。

「凌河、もう明日で最後の日になった。今夜のアイスショーを最後に、明日、太陽がのぼったときにおまえは人間社会にもどるんだ。そしてオリンピックに必ず出場するんだぞ」

いよいよ明日。今日で最後。

「約束する。だから金メダルをとったら会いにきてくれる？」

「駄目だ」

「え……ちょっと」

「ただ金メダルをとるだけじゃ駄目だ。最高に素晴らしい、魂の叫びのような滑りを見せて世界中を感動させろ。そうすれば会いに行く」

ただ金メダルをとるだけでは駄目――。この人は何という課題を押しつけてくるのだろう。凌河が恨めしげに見あげると、サーシャは優しくほほえんだ。

「オリンピックで金メダルをとったとき……というのが理想だが、そこでなくてもいい。別にオリンピックがすべてではない。それよりも、おまえにそんな滑りができることのほうが大事だ。それを実感できたら必ず会いにいくから」

オリンピックがすべてではない。そういう滑りをすることのほうが大事。ここにきて、なにかとてつもなく大切なことを口にされた気がした。

つまりゴールはないということ。その舞台がオリンピックになるかもしれないし、その前になるかもしれないし、そのあとになるかもしれない。

「そうか……その前になるかもしれないなら、俺、一刻も早くそんな滑りができるようがんばるよ。とにかく必死にやっていく」

凌河はそう誓い、その夜、冬の女神のための、雪の森のアイスショーに参加した。

明かりに、氷の表面がきらきらと煌めき、オーロラが天然のスポットライトとなって湖面をあざやかに照らしていた。

ショーの一番クライマックスに、ふたりで帝政ロシア時代のような軍服の衣装を身につけて滑ることになっている。サーシャの従者たちが用意してくれたものだった。彼の従者たちはなにもかも完璧で、スケート靴も凌河の足にあったものを丁寧に作ってくれたのだ。

そして凌河のショートプログラムの演技には、フラメンコのソレア用にと黒のシンプルな上下を用意してくれた。

「オープニングはおまえだ。オリンピックの選考会に出場しているくらいの気持ちで滑ってみせろ。滑走後、願を一つ心のなかで念じろ。そうすれば願いが叶う」

「……わかった。そうする。まずはドミトリー先生のことを……」

凌河は氷の湖の中央にむかって進んでいった。

サーシャが凌河のために作ってくれたショートプログラム。フラメンコのサパテアドから始まり、哀愁を帯びたカンテ、ギター、カスタネットと続き、すぅっと動き始める。

一番最初は、四回転と三回転のコンビネーションジャンプ。スピードに乗って、靭帯のことは忘れて勢いよく飛びあがる。きゅっと身体の中心が締まるような感覚をおぼえたかと思うと、そのまま身体が気持ちいいほどのスピードで着地にむかう。

勢いと流れのある綺麗な四回転の着氷、そのまま左足のトゥではずみをつけて跳びあがって軽く身体を締め、ふわっと浮かびあがるのを感じたあと、身体をひらく。

すーっと綺麗な軌道を描いてジャンプを着氷することができた。それからフライングキャメルからのコンビネーションスピン。いつも執拗《しつよう》にコンパルソリーをやっていたおかげで、難しいラインからの入り方でスピンを始め、そのままの勢いで回転していく。

終わったあと、見あげるとオーロラがひときわ輝いているような気がして、心地よい達成感が凌河の全身を包んだ。

「すばらしい出来だった。おまえの今の滑りでドミトリーは、無事に元の世界にもどることができるだろう。では、私もお願い券を手に入れるため、今からソロで一曲滑ろう」

「サーシャさまも滑るの？」

「ああ、おまえが生体移植を受けられるよう、ドナーを見つけた。だからその願いを叶えてもらわないと。ドナーとの手術が無事に済むように」

「ドナー……さがしてくれたの？　いつのまに」

「私を誰だと思っているんだ。おまえが、魔法の力では足を治したくない、自家移植をすると言ったあと、すぐにドナーをさがし、おまえの手術ができるよう、従者を使って準備を進めておいた。あとは手術の成功だけ。とどこおりなくできるよう、それを女神に頼むつもりだ」

「サーシャさま……」

「これはおまえへの贈り物だ。見ておけ。復帰シーズンのＳＰ《ショートプログラム》にしろ。難易度は高いが、おまえなら滑れるだろう」

サーシャが新しく作ったＳＰを滑ってみせてくれた。音楽はリムスキー・コルサコフの『シェエラザード』だった。帝王然、貴公子然としたサーシャが売買される奴隷の格好をして滑っていく。なにかが憑依《ひょうい》したような美しさと色香に、見ていると心臓がドキドキとしてくる。

かつてニジンスキーが踊ったのをじかに見たことでもあるのだろうか。そこにいるだけで背中がぞくぞくとしてきて、たちまち彼に絡みつきたい衝動に駆られてしまう。オーロラの色が情熱的な赤い色に変化し、氷上のサーシャを妖しく浮かびあがらせていた。そのあと、従者や召使いたちが次々とペアやアイスダンス、団体の演技を続けていき、やがてラスト——ふたりでワルツを踊る時間になった。

「このワルツが終わったら最後だ。おまえを明日、無事にむこうの世界にもどしてもらえるよう、精一杯、いい滑りをしよう」

「あっという間だったね」

「ああ」

「こんなふうに天然のリンクで滑るのって、もうめったにないだろうな。俺、好きだった。自然の美しさ、息吹を感じて滑れて。すごく楽しい毎日だった」

「天然のリンクに比べると、人工のリンクの方がずっと滑りやすいから、ここでできたことは、人工のリンクだと何倍も成功率が高くなる。きっと感動するだろう」

「じゃあ、オリンピックで優勝できるかな」

冗談めかして言うと、サーシャはいつになく優しく微笑した。

「ああ」

「本当に？」

「おまえがおまえらしく滑れば……必ず」

確信に満ちたサーシャの言葉に、背中を押され、自分でも可能な気がしてきた。

「ではラストワルツを」

差し出された手をとり、凌河はすーっとエッジに力を入れた。

「踊るぞ、ふたりで冬の女神を感動させてやろう」

従者たちがオーケストラを編成し、ショスタコーヴィチのロシアンワルツが氷の上に高らかに流れ始める。切なくセンチメンタルな甘いワルツの旋律に乗り、ふたりの最後のダンスが始まった。ふっと氷の匂いのむこうに、マリンカの淡い香りがした。

彼への深い愛が身体の奥底から湧き起こってくる。

音楽がなければ完全に鼓動が相手に伝わっていただろう。そしていつしか気がつけば、夜空のオーロラが黄金色に輝いていた。

またたく星の下、ふたりのエッジの音しか聞こえてこないシンとした雪の森の湖に、荘厳なまでにあざやかにロシアンワルツの旋律が響き渡っていく。

サーシャに腰を抱かれながら、凌河はメランコリックな音色に乗って氷の上でワルツを踊っていった。鼓動が溶けあいそうなほど胸を密着させてくるくると回転しながら、ときに身体を大きくかたむけて深くエッジが氷に喰いこむようなターンをし、ときにサーシャの腕に抱きあげられて彼を見下ろしながら。

男二人が踊るアイスダンス。

冬の女神――オーロラ以外に誰も観客のいない、真夜中の雪の森の湖。神に見守られ、愛する相手と踊っていくうちに、少しずつ自分が無心になっていくのがわかる。

自分はこの大きな自然のなかで生かされているのだという意識とでもいうのか。

かつて凌河の魂はこの地でスケートを通じてサーシャと出会った。

そして愛しあい、引き裂かれ、肉体を亡くした。けれど再び運命に導かれるように出会い、今、こうしてサーシャとワルツを踊っている。百年の長い歳月を経て。

そんな自分たちの運命がとても不思議だった。と同時に、サーシャと自分がここでワルツを踊れている事実――ふたりで一緒にいられることに深い感謝の思いが湧いてくる。

(冬の女神さま、ありがとう。ふたりを巡りあわせてくれて。サーシャさまをこの世に生かしておいてくれて。俺をここに引き寄せてくれて。そしてなによりこうして一緒にワルツが踊れる機会を与えてくれて。だから一度でいい、俺、生身のサーシャさまと触れあいたい。氷の上以外の場所で、一夜でいいから)

だけどだからこそ彼女にわかって欲しいという気持ちが芽生えてきていた。美しいスケートを愛している彼女だからこそ、本当に大切なものが何なのか。それをわかって欲しいと。

ワルツを終えると、凌河は上空のオーロラにむかって、思わず訴えていた。

「あなたは間違っている。サーシャさまをこんなふうに拘束するなんて」

突然の凌河の言葉に、サーシャが「やめろ」と制止する。

「彼女を怒らせるな」

「だけど……だけど……俺、哀しいよ。この先、ずっとサーシャさまがこの冬の森でしか生きていけないなんて。誰にも触れられず、他人のぬくもりも得られず」

『凌河……おまえは人間の分際で私に指図するの？』

氷の上に響き渡る声。冬の女神の声？

「指図じゃない。お願いしているんだ、サーシャさまをこの森から解放して欲しくて」

『例外は許しません。神との約束は絶対です』

次の瞬間、ぱっと夜空からオーロラが消え、あたりは漆黒の闇に包まれた。

「サーシャさま……俺……女神を……」

彼女を怒らせたのではないだろうか。失礼なことを口にして不機嫌にさせたのではないか。

「大丈夫だ、女神はそんなことで怒ったりしない。美しいものを愛する誇り高い存在だ。おまえの言葉の真意くらい理解しているはずだ。ちゃんと約束も守ってくれる。願いは叶えられるはずだから」

「だったら、どうしてあなたを解放してくれないんだよ。誇り高い存在なら、あなたを縛り付けていることの愚かさくらいわかっているはずなのに」

「仕方ない、約束だ。この森の平和と美を守っていく雪豹の王となるという」

「あなたは……人間にはなれないの？」

「そうだ、何度も言ったように、私は雪豹の化身なのだから」

その言葉に泣き叫びたくなった。変えられない彼の運命。それならば自分は彼との間になにができるだろうか。スケートをがんばっていくこと以外に、もっと確かなことが。

突きあがってくる思いのままに、凌河は哀訴するような目でサーシャを見あげた。

言わなければ。今、それを頼まなければ。でなければおそらくその機会はもうないだろう。

「サーシャさま、俺を抱いて。お願いだから、身代わりでも何でもいいから」

こうしていたい。触れあって、つながりあって、絡まりあっていたいというくるおしさが、触れあった肌からあふれてくる。

「バカな。おまえを抱いたら、おまえは凍ってしまう」

「さっきのSPの分の祈りがあるじゃないか。手術の成功を願わなくていいから。手術は祈らなくても受けられる。それより、ふたりで触れあいたいんだ。だめ？」

ふっとサーシャが目を細め、それだけで身体の間にこもった熱の温度があがる気がする。

「私から愛されたいのか？」

「ああ」

「本当に手術の成功を願わなくてもいいのか」

「もし失敗したとしても、トレーニングで克服してみせる。それよりも……心の支えが欲しい。愛が……。もし少しでも俺を愛しいと思うなら」

凌河の言葉に、サーシャはかぶりをふった。

「だめだ。怪我を治すのが一番だ」

「でも……俺は……人として……あなたを愛しているから」

サーシャは苦笑した。やれやれといった様子で。しかしとても幸せそうに。

「では約束するか？　今夜をかぎりに私という存在を忘れ、ドミトリーとふたりで人間社会に帰って、自分の力でオリンピックを目指すんだぞ、その壊れたひざをかかえたまま」

「え……」

「いいな、それで」

「いやだ、あなたのことを、記憶を捨てるなんて」

「人間社会にもどるとき、記憶はすべて消さなければならない。そうでなければこの森から出すことはできない。もちろん殺して仲間に引き入れる気もない」

「そんな……」

「いいか、忘れても、魂の底でつながっていられるよう、おまえを抱くから。その魂のつながりを信じて、人間社会に戻るんだ。金メダルをとれる演技をしてくれることだけが私の願いだから……だから抱く。おまえが心置きなく新たな人生にチャレンジできるように」

「サーシャさま……」


小さな花びらのような淡雪がはらはらと夜空から舞い落ちてくる。

凌河を腕に抱きあげ、サーシャが雪の森を進む。

「サーシャさま、俺……自分で歩ける」

「だめだ、ショーでおまえの足に負担がかかっている。これ以上は……」

「大丈夫だよ。少し怪我のところが腫れてしまったけど、俺……ちゃんと滑れたから満足だよ。女神にも喜んでもらえたじゃないか」

右膝の一部分に内出血をしているが、ショー自体でのプログラムは無事に滑りきることができた。きっとまわりの筋肉を鍛えたら、この足でもオリンピックに挑戦することは可能だ。いや、どんなことをしてでも可能にしたい。

それよりもサーシャとの思い出が欲しかった。自分に対してではない。自分はこの森を出たら彼との記憶を忘れてしまうのだから。思い出を作りたいのは、サーシャのためだ。彼のために、ここで孤独なまま生きる彼に、どれほど彼を愛していたか記憶していて欲しいから。

「なあ、大丈夫だよ、サーシャさま、俺……歩けるから」

「いいから、こうさせてくれ。子供だったときのようにおまえを抱きたいんだ。こうしているとおまえを湖で拾ったときのことを思いだすから」

昔のように……。その言葉に、胸の奥が熱くなる。

おぼえている。初めてこの森の湖で話をしたとき、彼の腕に抱きあげられ、きらきらとした光のなか、凍った湖の上を進んでいった心地よさを。あのとき、彼への憧れだけでなく、自分もスケートをがんばろうという気持ちになったのだ。すべてはあのときから始まった。

「……じゃあ、甘えるよ……俺……サーシャさまに対してはヘタレだから」

「ああ、私の前では、いつまでもガラスの心臓のままのおまえでいろ。繊細でもろい心をもったおまえが氷の上でだけ、その繊細さを生かしたかのように凛として輝く——その瞬間がなによりも美しいから」

ふっと目を細めるサーシャの一言一言、その眼差しのひとつひとつが愛しい。

夜空から落ちてくる小さな雪の粒が彼の艶やかな金髪に落ちては溶けていく。同じように雪の欠片《かけら》が凌河のほおに落ちてくると、サーシャは目を細め、そっと淡くほほえんで、そこに唇を落としてきた。

ふわりと彼の吐息が皮膚を撫《な》で、やわらかな唇がほおに触れただけで、じわっと胸の奥に熱いものが広がっていく。

サーシャの言葉どおり、滑走中に心で念じていた願いを叶えてもらえていたらしく、どんな場所で彼に触れられても、今夜は凌河が凍ることはない。それがこんなにもうれしいなんて。

女神はやはり神だ。心で強く願ったことが実現されている。今にもこみあげてくる感情に涙があふれそうだったが、ここで泣いたら顔が凍ってしまうので泣けない。だから彼の胸にしがみつき、必死に涙をこらえ、目をこらして夜空を見つめ続けることしかできない。

今年最後の雪の夜……。いつもと変わらない夜なのに空の色が微妙に淡い。星々の煌めきが少し遠い気がする。もう明日から春が訪れるせいだろう。

そして凌河を腕に抱いたまま、館にもどると、サーシャは城の外についた螺旋《らせん》階段をのぼっていった。テラスから寝室に入りこみ、凌河を寝台の上——毛皮が敷かれているところに下ろす。ちょうどスポットライトのように月の光がそこを照らしていた。

身につけていた軍服を脱ぎ、サーシャは凌河の身体をひきよせると、上着、シャツ、ズボンと次々と脱がしていった。

「あ……サーシャさま……」

どうしたのだろう、恥ずかしい。雪豹の姿の彼の前なら、自分から全裸になれたというのに、人間の姿をしているせいか、なぜか全裸を見られるのが恥ずかしくてしかたなかった。

「……この傷……」

枕を背もたれにして、ひざを立てて座っている凌河のズボンを脱がすと、サーシャは右足についた傷痕を指先ですーっとなぞっていった。

「サーシャさま……あの……」

そのままサーシャは凌河の前に座り、ひざをつかんで、その傷痕の上にそっと唇を落としてきた。くるおしそうに唇を押しつけて。

さらさらとした彼の金髪の前髪がひざに触れ、くすぐったいような気もしたが、あまりに彼が愛しげにそこに唇を這《は》わせていくので凌河はじっとしていることしかできなかった。

「……祈り……だ、おまえの足が元にもどるようにという。私のふたつ目の願いとして」

「でも……言っただろう、ちゃんと自分で何とかしてみせるって」

「それでは私の気がすまない。おまえの足の完治を祈った。おまえの足の生体移植が成功するようにと」

微笑するサーシャの蒼い眸を見ていると、凌河はなにも言えないと思った。彼はもう覚悟を決めている。もうそれを祈ったのだ。今さらそれを撤回することはできない。

離れなければいけない哀しみと彼の想いへの感謝が、腕のなかで渾然一体となって、自分で自分の感情がもうよくわからない。

「サーシャさま……サーシャさま……俺、がんばるから。なにがあっても、どんなに辛くてもがんばるから」

ただただあふれそうな感情のまま、凌河は自分からサーシャにくちづけしていった。

「ん……っ……ふ……ん……っ」

大好きだ。この人がどうしようもないほど。だから離れたくない。できれば、この森で一緒に雪豹の化身として寄り添っていきたい。

けれど自分は世界の頂点を目指すアスリートで、この人はその姿に喜びと愛を感じている。まるで自由にスケートをすることができなかった自分自身の祈りを託すかのように。彼の描きたかった世界を託すかのように。その想いを背負っていかなければ。それが自分にできる唯一のことだから。

「サーシャさま……」

　これまで過ごしてきた時間の一瞬一瞬への感謝をこめ、これからオリンピックまでの一分一分をたぐりよせるかのように熱っぽくくちづけする。

「あなたの……欲しい、すべてを味わいたい……」

　凌河はそう言うと、彼の足の間に顔をうずめた。自分のなかに欲しかった。上からも下からも、彼のすべてを。

「……っ」

　自分の口内で育っていく彼自身の性器。裏筋を舐《な》めあげれば、少しずつ膨張し、先端の窪《くぼ》みを舌で刺激し、甘嚙《あまが》みすると、そこから蜜が滴ってくる。

「ん……っ……っ」

　そうしているうちに、サーシャは横たわり、凌河のものを口でかわいがり始めた。

「あ……や……っ」

　互いに互いのものを銜えて相手に快感を与えることに喜びを感じている。恥ずかしい、けれど自分が彼に快感を送ろうとすれば、彼からも同じように、いや、それ以上に甘い快楽を与えられ、背筋がぞくぞくと痺《しび》れて心地よくなっていく。

「……ん……あ……んっ！　何か、そこ変に……」

　サーシャが丁寧に、凌河の前を刺激しながらゆるやかに指を使って奥をほぐそうとする。

「あ……だめ……もう……っ」

そこから芽生える痛痒感《つうようかん》が心地よくてたまらない。なにもかも初めてなのに、気持ちが高まっているせいか、自然とそこの粘膜が彼の指を引きずりこみ、少しこすれただけで熱っぽい快感が身体を駆け抜けていく。

「もう……いいから、そのへんで」

サーシャは起きあがり、凌河をそこから引き剝がした。

「え……でも……」

「早く……おまえとつながりたい。でないと……朝がきてしまう」

「朝が——」

「朝がきたら境界線に向かう。この世界が溶ける前に、おまえとドミトリーを送らなければ」

「サーシャさま……」

「だから一刻も早くおまえとつながりたい、たとえあの世にいっても永遠に忘れることができないほど強く」

「あの世に……？」

「どういったときであってもという意味だ」

サーシャはそう言うと、静かに凌河の身体を押し倒し、上からのしかかってきた。ひらいたひざの間に彼が挿りこんでくる。

「サーシャさま……俺もあなたと……」

この人とつながりたい。そんな想いのままに凌河は目を閉じ、サーシャに身をゆだねた。

おそらく一生に一度の逢瀬。もう二度と合わせることができない彼の肌。

「好き……大好き……俺……がんばるから……見ていて」

「凌河……ありがとう、だが私はあきらめたわけではないから」

「え……」

「何でもない」

肩に手を伸ばされ、サーシャの手が腰をひきつける。凌河の足をゆっくりと左右にひらき、サーシャが腰を近づけてきた。

ひんやりとした冷たい空気を奥の部分に感じたが、すぐに熱っぽい肉茎がそこに触れる。

「ん……っ」

ひくりと無意識のうちにひくついた窄《すぼ》まりを先走りの蜜が濡らしていく。その生々しいあたたかさに背筋がぞくぞくしたそのとき、ずるりと切っ先が肉の環《わ》のなかに捻《ね》じこまれる。

「ううっ、ああっ……ひっ」

ぐぅっと彼が体重をかけ、重みとともに灼熱《しゃくねつ》の肉塊が体内に埋めこまれていく。今にもそこが裂けそうな痛みに、たまらず凌河はサーシャの肩に爪を立て大きく身体をのけぞらせた。

息ができない。身体がばらばらに壊れそうだ。

じわじわと凌河の粘膜を押しひらきながら根元まですっぽりと彼が挿りこんできた。あまりの圧迫感に、大きく息を喘《あえ》がせている凌河の額にくちづけすると、さらに腰をまわしてサーシャがもっと深い部分を穿《うが》ってきた。

「ああ……っ」

痛い、きつい、苦しい、何て硬くて、何て熱いのか。

「狭い……苦しいのか？」

耳元で問いかけてくる彼の声もどこか苦しそうだった。そのとき、彼は死者なんかじゃないと思った。雪豹の化身であったとしても、生きている生身の人間だと。でなければ、こんなに熱く感じることはないはずだ。そうでなければ……。

「あっ……平気……苦しくな……だからあなたの好きに……っ」

切れ切れに懇願していた。どんなに苦しくてもいい。どんなに痛くても。これが愛しあうという行為なのだから。こうしてつながれるのは、この一夜だけなのだから。

「かわいい……かわいくて……最高の恋人だ、おまえは」

恋人？　そう思ってくれているの？　問いかけたかったが、体内でさらにサーシャの肉塊が膨張し、そのあまりの圧迫感に凌河は息を喘がせることしかできない。

「ああ……う……ああっ」

はっきりと体内に彼の脈動を感じる。彼の生きている証。どくどくと脈打つものに己の内臓

が埋め尽くされ、彼の形に変えられていくのがたまらなく嬉しかった。

ああ、彼が生きていて、彼がそれを証明するかのように自分の体内で蠢《うごめ》いていると思うと、痛みや苦しさが少しずつ悦楽へと変化する。痛みに痺れていた箇所が少しずつ熱っぽいものへと変化し、圧迫感に圧倒されていた粘膜が甘ったるく疼《うず》き、むず痒《がゆ》さにいてもたってもいられなくなり、つながった場所に淫靡《いんび》な熱が芽生えていく。

「すごいな……おまえのなか……熱くて……淫らで……心地いい」

「あ……あなたこそ……すご……大きくて……熱い……サーシャさまの……」

彼とひとつにつながっている。今、彼に触れられても、こうして身体と身体を重ねあわせても凍りつくことはない。人間同士のそれと同じように結ばれることができた。

ようやくこの人と肌を重ねることができたのだと思うと、たまらない愛しさがこみあげてくる。それだけで、彼を包んでいる粘膜がうれしさにひくひくと痙攣《けいれん》したように波打ち、熱く大きな性器に絡みついていく。

「最高だ……おまえのなか……絶対に忘れない、おまえを忘れないから」

凌河の腰をひきつけ、サーシャが抜いては貫き、さらにひいては一気に穿っていく。そのたび結合部に摩擦熱と快感が奔《はし》り、凌河の唇から熱を帯びた吐息が漏れる。

「ああ……っ、ああ……好き……サーシャさ……っ」

何という熱に満ちた交合なのか。氷に包まれた宮殿にいるのに、あたりを溶かしてしまいそうなほど二人の身体が熱くなっている。

彼から滴る汗が凌河の汗に溶け、どちらのものともわからなくなっている。

何度も何度も腰をぶつけられ、そのたび脳髄が痺れそうな快楽に意識がどうにかなってしまいそうだった。身体も心も感じるままに疾走していく。

これが最後だ。だからこのくるおしい一夜のすべてを彼の魂と自分の魂にしっかりと刻みこんでおきたい。そう、ふたりの身体の奥底に。お互いの生を、そして命の存在をはっきりと実感するほど激しく愛しあいたい。そしてまたどこかで会ったときに、深く結ばれた運命に導かれ、またちゃんと愛しあえるように。

サーシャの腕をつかみ、凌河はつながりをさらに深めるかのように自分から腰を動かしていた。自分の体内で彼の屹立《きつりつ》がさらに膨張し、凌河を内側から破壊してしまいそうなほど圧迫していくのが心地よかった。ふたりがこれ以上ないほど結ばれているのだと実感できて。

「大好きだよ、サーシャさま、忘れないで、俺……必ず約束を守るから……この夜を……俺のことを永遠に忘れないで……」

「ああ……誰が忘れるものか……一番大切な思い出として……心に刻みつける」

切なげにサーシャの言葉が胸に重く響き、嬉しくてどうしようもなかった。

「ありがとう……サーシャさま……ありがとう」

涙混じりに囁きながら、凌河はサーシャに必死にしがみついた。そんな凌河にサーシャが唇を近づけてくる。

気がつけば互いに唇を重ねあい、舌を絡めあい、愛しいままに唇を求めていた。そのままサーシャがさらにストロークを加速させ、凌河の体内で一気にのぼりつめていく。

「ん……んん……んっ」

凌河の身体も今にも達しそうなほど熱くなっていく。

ああ、この時間がもっと長く続けばいいのに。永遠にこうしていられたらいいのに。このぬくもり、この熱、この皮膚、この肉体を感じ続けることができれば。

そんな想いのまま、凌河はどうしようもないほど愛しく、そして哀しい至福に包まれながら果てていた。彼が自分の体内に放射するのをくるおしく感じながら。


その翌朝、人間の姿になったサーシャとともに、最初に凌河が発見された場所へとむかう。凍りついたドミトリーを橇に乗せて。凌河もサーシャも毛皮に帽子といった真冬の姿だが、ブーツの代わりにスケート靴を履いている。しかし凍った湖面の中央まで滑ってきた瞬間だった。突然上空に目映いほどのオーロラが広がっていった。

『サーシャ、いけません、人間社会に返していいのは、ドミトリーだけ。凌河はここで死ぬのよ。あなたの腕に抱かれたのですから』

どこからともなく低く冷たい女性の声が響き渡る。冬の女神の声だった。あたりの森は大きな吹雪に襲われ、凍った湖に亀裂が入っていく。

「ああっ」

凌河が落ちそうになった瞬間、サーシャの手がそれを止める。

「凌河！」

『その子を助けるのなら、おまえに罰を与えますよ』

冬の女神がそう言った瞬間、吹雪の奥から例の別の雪豹——コンスタンチンが現れ、サーシャへと襲いかかる。凌河を亀裂から救いだし、橇の上に乗せると、サーシャはその前に立ちはだかり、雪豹に姿を変えた。

そっくりの雪豹と雪豹の戦い。コンスタンチンとサーシャの戦いだった。猛吹雪のなか、雪豹が氷の湖面で絡まり合ったかと思うと離れ、牙や爪で攻撃しあい、さらにまた離れて何度も何度も同じことをくりかえす。

サーシャからもコンスタンチンからも血が流れている。このままだとサーシャが死んでしまう。凌河は上空にむかって叫んだ。

「どうしてこんなことをするんですか。あなたは昨日のスケートに感動したはずだ」

『ええ』

女神からの返事。その瞬間、コンスタンチンのほうの雪豹が湖面に仰向《あおむ》けに倒れる。

雪豹のサーシャがそれを押さえつけ、喉元に牙を立てた瞬間、コンスタンチンがそのままただの剝製《はくせい》のようになってしまう。サーシャはそれを見届け、上空にむかって言った。

「コンスタンチンの魂を解放しました。彼はこれで自由です。私がここに残ります。だからもういいかげんにやめてください。凌河を元の世界にもどしてください」

『おまえはそれでいいのですね？　願いを変えることはできないのですよ』

雪豹の姿をしたサーシャが天にむかって言う。

「はい。凌河の願いのひとつは、ドミトリーを完璧な身体で人間社会に返すこと。それと私と抱きあっても凍らないこと。そして私の願いは凌河を人間社会にもどすこと。それと……」

二人で滑る。願いをふたつかなえる。

「あとひとつ……彼に私の靭帯を移植することだ」

「え……」

凌河と同時に、いや、それ以上に女神の声があたりに反響した。

『凌河をここに残す条件と引きかえに、おまえに考え直す猶予を与えるつもりでしたが、決意は変わらないのですね？』

悲痛な女神の声。その尋常ではない様子に、凌河ははっとしてサーシャを見つめた。

「あなたの靭帯を移植って……一体……」

「約束は約束です。例外は必要ない。ドナーは私だ。私の身体の靭帯を凌河に移植する。そうすれば、凌河はもうひざのことを気にしないで済む。完璧なひざとなってオリンピックに挑める」

サーシャが淡く微笑する。凌河は目頭が熱くなるのを感じた。泣いてしまうと涙が凍ってしまうので泣けないのに——。

冷ややかに女神が問いかける。

『自分の命よりも彼が大切なのですね』

「ええ、彼の創りだす世界が私の夢なのです。女神も満足されるはず」

サーシャの言葉に、「え……」と凌河は目を見ひらいた。

「待って……どういうことなんだ」

『靭帯を移植する……そのためには、湖底の氷を溶かさなければなりません。そして彼の肉体を壊さなければ……。それは肉体のこの世からの消滅……。それが彼の願い。だからおまえの記憶は消しません』

「ということは……あなたは」

「凌河、いいんだ。だから最後にキスを」

サーシャが手を伸ばす。そして凌河も手を伸ばした。その瞬間、サーシャの姿が雪豹へと変化した。

「ん……っ」

手と手をつなぎあわせ、抱きしめ合って最後のくちづけをしたあと、雪豹のサーシャが凌河から離れていく。凌河はドミトリーを乗せた橇とともに吹雪のなかに吸いこまれていった。

「サーシャさまっ！」

叫んでも届かない。もう何も見えない。サーシャはどこに行ってしまったのか。

ドナーはサーシャさま？　肉体が消滅する？

いやだ、そんなのはいやだ、どうしてそんなことに――。

「サーシャさま、サーシャさまっ！」

吹雪に呑《の》みこまれながら、凌河は必死に叫んだ。しかしもう声が出なかった。気がつけば、真っ白な闇のなか、雪に呑みこまれていくように、凌河は意識を手放していた。

*

「……っ」

目を覚ましたとき、見知らぬ男性が凌河の顔を見下ろしていた。視界に飛びこんできたのは、病院らしき場所の天井と薬品臭だった。

「私の話していることがわかりますか」

医師にロシア語で話しかけられ、凌河は無意識のうちに「は、はい」とうなずいていた。

頭がずきずきと痛む。身体が重い。いったい自分はここでなにをしているのか。

「手術は無事に成功しました」

「え……」

「生体移植手術ですよ」

生体移植手術……だって？　わけがわからず凌河は睫毛《まつげ》を揺らした。ついさっき、サーシャとわかれ、吹雪のなかにドミトリーを乗せた橇とともに吸いこまれていったはずだが。それなのに、どうしてこんな場所に。

「ここ………どこ……ですか」

凌河はかすれた声で訊《き》いた。

「ここはサンクトペテルブルクの大学病院だ」

大学病院……どうして――。凌河は半身を起こそうとしたが視界がくらくらと揺れ、起きあがることができなかった。枕元には凌河のキャリーケースとリュックが置かれている。

「まだ動いてはいけない。手術は成功したが、どうなるかわからないのだから。なにせ他人の腱《けん》を移植したんだからね。拒否反応がないともかぎらない」

医師がそう言ったとき、看護師が日本人のコーチを連れて病室に入ってきた。

「凌河、よかったわね、元通りの身体になれたわよ」

ひさしぶりの日本語だ。なつかしさよりもなによりも自分の状況がわからず、凌河はただ呆然と目を見ひらいていた。

「元通りって……あの」

なにが起こったのだろうか。目を丸くしている凌河に、コーチが言葉を続けた。

「ドミトリーさん、また頭をぶつけたらしくて、最近の記憶がないらしいの。だからどういう経緯なのかわからないのだけど、彼がさがしてきてくれたみたいね、生体移植をしてくれる相手を」

ドミトリーの記憶は失われていたが、約束どおり凌河の記憶は失われていなかった。

「彼が……?」

「そう、何でも彼が十数年前に一度スケートを教えたことがあるアレクサンドルという青年が余命幾ばくもないからとあなたに靱帯を移植してくれたとかで」

「……っ」

それはサーシャのことではないのか。凌河は息を呑んだ。このひざは……彼が……彼が命がけで託してくれたもの……。夢ではなかった。そうだ、夢じゃない。振付だっておぼえている。

(サーシャさま……)

医師たちが出ていったあと、凌河ははっとした顔で枕元に置かれた自分の荷物を見た。

そこに何故か古びた本が一冊置かれている。

ロシアの絵本。あのお伽噺だ。『雪豹の王さまと冬の森』――幼いときに凌河が読んだことのある絵本だった。

雪豹は王子さまの化身で、王子さまは冬の女神に愛された。それは王子さまがとてもスケートが上手だったからだ。けれど王子さまは、冬の女神とともに雪の森で永遠の命を手に入れるよりも、大好きな人間の子供を助けたかった。王子さまは、彼のことをとても愛していたけれど、彼にそれを告げると、彼が自分と一緒にいたいと願ってしまって、二度と雪の森から出られなくなってしまうので、王子さまは決してそのことを口にしなかった。

『大好きなのは、おまえじゃないよ。おまえと似ているけど、全然違うおまえだよ』

そう子供に意地悪を言うと、子供は哀しんで涙を流した。子供の涙は冬の森ではすぐに凍ってしまって、王子さまは、そんなふうに子供を凍らせたくないので、大好きだという言葉を告げられずに、彼にスケートを教え続けた。

やがて冬が終わり、春になる前の夜、足を大怪我した子供に、王子さまは自分の足を譲ってしまった。足をなくした王子さまは、雪豹の形をした夜空の星座になってしまったが、その代わり、ずっと空から子供のことを見守ることができてうれしかった。

王子さまから足をもらった男の子は、やがてオリンピックに出て金メダルをとって世界中の人を感動させた。王子さまの足で誰よりも高く跳び、王子さまの愛を受けて誰よりも優雅に舞って。雪豹の星座に見守られながら。

（えっ……これ……この本は……こんな結末だったのか？）

違う、こんな話じゃなかった。今、思い出した、前に読んだラストを……。雪豹の王さまは永遠に靴をはいたまま、森で仲間たちとずっとスケートをして、女神さまから愛され続けるという話だったはずだ。

（それなのに……物語のラストが変わっている。人間の子供の怪我を治すために足を譲って夜空の星座になってしまったって……そんな）

凌河はその薄い本を胸に抱きしめた。

「どうして……」

なぜ自分はここにいるのか。凌河はシーツをにぎりしめ、記憶の奥をさぐった。

サーシャと一夜を過ごした翌朝、雪の森で泣きながら別れたことははっきりとおぼえている。

（俺はオリンピックに出て、それをサーシャさまが見守るという約束だった。なのに、サーシャさまは……命と引き替えに俺に靱帯を移してくれて）

手術が成功したということは、彼が本当にこの世から消えたということだ。彼の肉体がなくなってしまったのだから。

「……っ」

鞄《かばん》から靴をとりだし、絵本ごとぎゅっと力強く抱きしめる。彼と一緒にいた数カ月間、この靴を履いてずっとスケートをやってきた。もう靴はぼろぼろだ。履き替えないといけないほど、たくさん練習をしてきた。それなのに、彼がもういないなんて。彼が星座になってしまったなんて。

「そんな……そんなことって……」

彼が星座になったのに、彼がもういないのに自分だけがこの世界で生きていくことなんて……。

哀しみに胸が詰まりそうな凌河の脳裏に、彼の言葉が甦ってくる。自分の命よりも凌河が大切なのかと問いかけた冬の女神に彼は迷いもなく答えた。

『ええ、彼の創りだす世界が私の夢なのです。女神も満足されるはず』

彼の夢。凌河の創りだす世界が彼の夢……。オリンピックに出ることを夢見ながら、志半ばで革命に散り、湖の下で凍ってしまった彼の儚《はかな》くも切なる夢。

(俺は……俺は……あなたの分も生きていかないといけないんだね。あなたの夢をかかえてスケートを続けていかなければ)

あの童話のラストのように。おそらく彼の祈りによって、新たに上書きされた新しいラスト。男の子が王子さまの足をもらってオリンピックで活躍したというあのラストと同じように輝き続けるために。

そう、あの童話と同じように、彼が愛してくれたその想いに応えるために。彼が治してくれたこの足で、しっかりと前にむかって。

(それがあなたの愛の形なんだね……あなたの……大きくて優しくて……純粋な愛……)

涙があふれて止まらない。ぐすぐすと大粒の涙を流したそのとき、凌河は病室のテレビが点《つ》けっぱなしになっていたことに気づいた。

そこにちょうど今年の世界選手権の様子が映っている。

試合は終わったらしく、エキシビションが行われていた。日本の若手選手が初出場で三位に入ったらしく、そのときの様子が何度も何度もリプレイして流されていた。

凌河より五歳年下の、昨シーズンのジュニアチャンピオンである。それからもう一人、スケート界のプリンスといわれている選手も、五位に入賞したらしく、ふたりでエキシビションの参加が決まっていた。美しく、楽しそうに、生き生きと滑るふたりを見ていると、もう一度、あそこで輝きたいという気持ちがふつふつと湧き起こってくる。

あれほどまでに競技の世界にもどるのを怖れていたのに、今はもう逃げたいなんて気持ちは一切ない。それよりも滑りたかった。そう、滑りたい——と思った。

滑る。スケートをする。サーシャのくれた足で。彼の靭帯によって甦った足で誰よりも高いジャンプを跳びたい。誰よりも優雅に舞いあがりたい。

「俺……滑りたい、スケートがしたい。そうだ、滑らないと」

あの人の愛を無駄にしないために。あの人への感謝と愛を表すために。

ふたりで見あげたオーロラ。

冬の女神の心の色彩。そのまわりに煌めいていた美しい星々。

あの星のような光に満ちたスケートがしたい。出会ったとき、氷の上でスケートをする雪豹の王さまの美しさに感動した、そのときの思いで滑ってみたいと思った。それから雪豹の彼に包まれて眠った夜のようなあたたかな気持ちをスケートで表現してみたい。

雪の森で、凍えたこの身体を抱きしめてくれた雪豹。

氷の上でワルツを教えてくれたサーシャさま。最後に一緒に滑ったワルツ。あのときに頭上から降り落ちてきた雪の美しさのように、彼からもらったものを大切に大切にしながら滑っていきたい。これから先、あなたを愛し続けるから。感謝と愛をこめて。

「……だからいつか……いつか今度はふたりで生まれ変わって……会おうね、だから……だから夜の空から俺を見守っていて」

それを祈るために滑っていくから。星座になった彼への愛をスケートで伝えることを目標にして。

また、長い時間が過ぎて、生まれ変わっていつか会うときがあるかもしれないから。

「会えるよね、王さま、また会えるって信じていいよね？　祈っていいよね？　サーシャさま」

雪豹の王さまに会いたいって祈り続けるから。いつか彼の世界で一緒に生きていってもいいって思えるくらい、自分の人生をしっかり生きるから、ずっと見守っていて。

そんな祈りをこめ、凌河は退院すると、スケートリンクにもどった。

＊

毎晩毎晩、同じ夢を見る。

雪豹に抱かれて眠る夢。雪豹の肉球に全身をときほぐされて、獣のままの彼と愛しあう夢。

そしていつも祈っている。滑るたび、彼との再会を。

「では、オリンピックの代表を発表します。男子シングル一人目は――」

耳が割れんばかりの喝采と歓声に、日本国内最大のリンクが大きくどよめく。

喜びのあまり泣きながらリンクにやってくる選手もいれば、万感の思いを胸に秘めてリンクに現れる者。そのなかでも、ひときわ凌河への喝采が大きく会場を沸かせていた。

二年前、事故で再起不能といわれた凌河が復帰を果たして、オリンピックのメダル候補にまで成長している若い選手たちを差し置いて全日本大会で優勝したのだから。

滑ったのは、サーシャが振りつけてくれたロシアンワルツと、フラメンコ。

彼への思いを託して滑った。フラメンコ用の黒い上下を身につけ、リンクにむかうと花束を渡され、凌河はこみあげてくるものを感じながら、会場を仰いだ。

ようやく第一歩、これでオリンピックに出られる。絶対にオリンピックに出たい――そう必死な思いで練習に励み、本番でもノーミスに近い演技をすることができた。

しかもひとつひとつの技のクオリティをあげて。

「これまでみたいに泣かないんだ。あれだけ苦労してすばらしい演技をして勝ち取った切符なのに」

まわりの選手からそう言われたが、涙は出てこなかった。

まだ泣くのは早いと思っていたからだ。きっと永遠に泣かない。この足で手に入れられるかぎりの栄誉を摑むまでは涙は流さないつもりでストイックにがんばってきたのだ。

（それでも……本当はいつも祈っているけど。冬の女神にむかって）

いつもいつもスケートを終えたあと、凌河は極北にむかって、ひとつの願い事をしている。サーシャと再会させて欲しい——という願いを。

（もし俺の滑りに心から感動したら、サーシャさまに再会させてください。お願いします）

サーシャは星座になってしまった。もうそれは叶わない願いだ。そう思いながらも、凌河は祈らずにはいられない。そうすることがスケートを続けていく心の支えとなっていたから。

「——よかったな、凌河。目標へのパスポートを手にすることができて」

選考会の会場を出たあと、ホテルにむかうバスに乗りこむと、隣に座ったドミトリーがうれしそうに声をかけてきた。

「ありがとうございます。先生の指導のおかげです」

「いやいや、きみの努力の賜《たまもの》だよ。それにきみが友人とともに振り付けたショートプログラムもフリーもすばらしい構成だ。プログラムの勝利というのも大いにあるね。それにしてもきみにこんなに振付の才能があったとはね……」

「あ、いえ、これはたまたまです。俺にはそんな才能ありませんから」

苦笑し、凌河はカーテンを閉じて、バスの窓側にもたれかかった。

振り付け師はサーシャであるのだが、彼はこの世に存在しないので、凌河が友人と振り付けたことにするしかなかった。あの雪の森で凍ったあと、ドミトリーは雪の森にいたときの記憶を失っていた。それどころかサーシャを探していた部分もすっぽりと。

そのおかげでドミトリーとも、今では優秀なコーチと選手といういい関係を築けていて、おかげでオリンピックの選考会でもいい演技をすることができたように思う。

「じゃあ、また。ぼくは先にサンクトペテルブルクにもどっているから。明日のアイスショーが終わったら、すぐにロシアにもどってくるんだぞ」

バスがホテルに到着すると、ドミトリーはフロントにあずけていた荷物を手に、空港行きのバスに乗り換える。

「先生、本当にありがとうございました。俺もアイスショーやスタッフとのオリンピック関係の打ち合わせを終えて、五日後の飛行機で日本を出ますから」

ドミトリーを見送ったあと、ホテルの部屋にもどった凌河はバルコニーに出て、夜空に輝く星々を見つめた。日本からはオーロラを見ることはできない。けれど星なら見ることはできる。空気の綺麗なこのあたりからだと、東京にいるよりもずっとたくさん星を見つめることができ、彼の魂が夜空のどこかから星座となって見守ってくれているような気がしてくる。

（冬の女神さま、俺、オリンピックに出ますよ。そしてサーシャさまが前に言っていたように魂の叫びのような滑りをしてみせます。だからそのときは……どうか彼と再会させてください。お願いです。お願いです）

性懲りもなく、滑るたびに同じ祈りを捧《ささ》げる。もう会えないとわかっていても、そうしないと生きていけないから。がんばれないから。


それから数日後、家族のいない凌河は誰かと新年を祝うわけでもないので、早々に練習拠点としているロシアのサンクトペテルブルクにもどってきた。

早速、三時間、リンクで貸し切りの練習をすることにして、荷物を置くと、そのままサンクトペテルブルクのクラブにもどってきた。

着替えを済ませると、凌河は靴を履いてロッカールームを出る。

長いフライトだったせいか、今日のようなときには、ひざから下だけで動いているような、重苦しい感覚をおぼえる。血行が悪くなっているからだ。だが、フライトには慣れているので、こういうとき、どういうふうにすれば血行がよくなるかわかっている。無理に跳んだりせず、身体があたたまるように動いているうちに、少しずつ心地よい感覚——自分の足と靴とが一体になったような感覚になってきた。

オリンピックの代表に選ばれ、心と身体が解放されたような清々しさがあるせいか、今日はすぐにフライトの疲れがとれ、身体が軽く感じられた。

「あと二カ月でオリンピックか」

凌河はリンクの真ん中に立ち止まり、ぼそりと独り言を呟いた。すると反対側の入り口から、リンクに入ってくる人影があった。

「あの……すみません、今日は貸し切りなんで……」

言いかけ、凌河は驚愕した。現れたのは、毛皮のコートを身につけたすらりとした長身の男。颯爽《さっそう》と凌河に近づいてくる彼は——サーシャだった。

確かこの世から消えたはずなのに。凌河に靭帯を移植して……消滅したはずなのに。

「どうして……どうして」

わけがわからず、凌河は腰を抜かしたようにその場にすとんとひざから落ちていった。

「おまえの全日本大会のパフォーマンス……あれのおかげだ。復活した……この世に。おまえが女神に祈ったから。俺と会いたいと」

サーシャの言葉に、心が震えそうになる。

「え……じゃあ」

まさかまさかまさか……。

「まだあの森のなかにいるときは雪豹の姿になってしまうのだが、森から外に出ることができるようになった。そして森の外にいるときは、人間の姿のままでいられて、さらには人に触れても凍らなくなった」

毛皮のポケットに手をつっこみ、サーシャはふわりとほほえんだ。これまで見たことがないような、澄みきったようなさわやかな、それでいて神聖ささえ感じられる笑みだった。

「……そんな……そんなことが本当に」

「ああ、あ、ただし、ひとつ条件がある」

「え……」

「雪豹の私と交尾ができるか？　いつかスケートをやめるときでいい、雪豹の花嫁として私とあの森で暮らしていく気はあるか？」

「ええっ」

サーシャは少し言いにくそうに言った。

「おまえが以前に大丈夫だと言っていたので、女神にそう伝えてしまった。彼女は、雪豹の姿のおまえを凌河が受け入れる覚悟があるのなら、人間としておまえに触れられるようにしてもいいと」

「そんな簡単なことでいいの？　俺、いつでもＯＫだよ」

凌河があっけらかんと笑顔で言うと、サーシャはあきれたように笑った。

「相変わらずだな。わかった……では、本気で雪豹にもどっておまえを抱くぞ」

「ああ。あ、でも、その前に質問。じゃあ、人間のあなたに触ってもいいの？　いつでも好きなときにあなたに抱きついてもいいの？」

「ああ」

「サーシャさま……」

凌河は思わず彼に抱きつこうとした。しかしぱっと手で止められる。

「待て、感動の再会の前に練習だ。三時間しか貸し切りの時間がないのだろう？」

「え……あ、そうだった」

さすがサーシャさま。スケート優先のところは変わらない。

「調子はどうだ」

「悪くないに決まってんだろ。優勝したんだよ、俺」

ちょっとばかり自慢げに腕を組んで言う。ふっと口を歪めて皮肉めいた口調でサーシャが言い返す。

「全日本のパフォーマンス……確かにあれはあれで悪くはなかったが、まだ完璧ではない。冬の女神はごまかせても私には通用しない。何なんだ、四回転ループが回転不足だったぞ」

「でも転ばなかったから」

「転んでも回転が足りているほうが得点が高い。日本選手の悪いくせだ。転ばないでも回転が足りないチートジャンプよりはマシだ。さあ、やってみろ」

「え……今から？」

「貸し切りの時間の間だけだ。話はそのあと。練習はこれからドミトリーに代わって私がたっぷり見てやる」

サーシャは目の前にＩＤカードをだした。

「え……な……それ」

「ドミトリーのチームの正式なスタッフについた。ジャンプアドバイザーとして」

「でも……」

「オリンピックまで、私がおまえのコーチだ」

サーシャさまがコーチ。これからずっと一緒にスケートをしていくことができるなんて……。

「日本のおまえの代理人とも話をつけてある。全日本の優勝後、人間社会に出ていられるようになったとき、冬の女神の配慮で、誰からも疑われることなく、ドミトリーのチームの一員にしてもらった」

「信じられない。知らなかったの……俺だけ？」

「異論は？」

「ないに決まってるじゃないか」

「ただし、これからが過酷だぞ。冬の女神が例外として私を解放してくれたのは、全日本でのおまえのスケートに感動したからだ。この先、私のコーチングが加われば、さらにおまえのスケートがすばらしいものになるだろうと期待したからこそだ。少しでも彼女をがっかりさせるようなことをすれば、たちまち元に戻されてしまうぞ」

何という大変なことを……。一瞬ぞっとした。だがすぐに口元に笑みが浮かんだ。以前の凌河なら、逃げ出したくなったかもしれないが、今は怖れも弱気もない。それどころか希望を感じて胸が熱くなる。

自分がスケートをがんばりさえすれば、ずっとサーシャと一緒にいられるのだから。それが凌河の未来への希望となり、スケーターとしての支えになるだろう。

それに、そのくらい美しいスケートができたなら、サーシャも喜んでくれる。感動してくれるのだから。その上、冬の女神まで喜んでくれて、ふたりを祝福し、サーシャとの時間を凌河に与えてくれるのだとすれば、こんなに素晴らしいことはないではないか。

「最高だね。やるよ、それなら俺、いくらでもがんばれるよ」

「すごいな、ヘタレなおまえとも思えない強気の発言だ」

「俺、強くなれるから。あなたのためならいくらでも強くなれるよ」

それほど愛しているから、ふたりでいるためなら何でもするから——という思いをこめて言った凌河を、サーシャは満たされたような眼差しで見つめた。

「さすがだな。私が見こんだスケーターだけのことはある」

「まだ早いよ……スケーターとしてあなたに誉められるのはオリンピックのあとだから」

凌河がそういった次の瞬間、場内にショスタコーヴィチのロシアンワルツが流れてきた。

オーロラの下でふたりで踊った曲だ。なつかしさと切なさがこみあげてくる。

「踊るか」

「……今？　練習するんじゃなかったの？」

「そう、これも練習だ。おまえの情感を養うための」

ふたりのアイスダンス――ロシアンワルツは湖の上でしか踊れなかった。あの雪の森でしか。

けれどこれからはずっとこっちの世界にいる間、触れあい、一緒に滑ることができると思うと涙が出てきそうになった。


「いいだろう、今夜の練習はこんなところで」

「ありがとう」

リンクの外に出ると、サンクトペテルブルクの街に雪が降りしきり、あちこちのイルミネーションがきらきらと煌めいていた。

凍えないように、毛皮の帽子をかぶり、毛皮のコートを着て、毛皮のブーツをはいて。

「そうだ、サーシャさまはこれからどこに」

「ああ、おまえのところだ。今日からコーチである私がおまえのところに住むことになっている。ロシア政府にもそう申請しておいた」

「ちょ……そんなこと勝手に」

「おまえがオリンピックで優勝するように、たっぷり私が面倒をみてやる」

「鬼畜……」

やはり鬼だ。スケートに対しては容赦がない。

「私との再会がうれしくないのか」

凌河は浅く息を呑んだ。一度も忘れたことはない、どれほど恋しかったことか。

「うれしくないわけないだろ。会いたくて会いたくて」

「私もだ。会いたくて触れたくてずっと待っていた、おまえが本当の演技ができるようになるのを。ずっとずっと」

切なげに言って、サーシャが凌河を抱きしめる。しんしんと雪が降りしきる、美しいイルミネーションに包まれたサンクトペテルブルクの大通りで。

「サーシャさま」

信じられなかった。自分たちが雪の森でもなく、氷の上でもない場所でこんなふうに触れあっていられることが。

「これからはずっと一緒だ」

サーシャは長く美しい指でゆっくりと凌河のほおを包みこんできた。

ずっと一緒。その言葉に胸の奥が甘く熱く締めつけられる。

「……ん……ふ……」

そのまま唇を押し包まれ、ふっと互いの唇の間に流れたマリンカの匂いに、くるおしい感覚がどっと胸からあふれるのを感じた。なつかしい彼の唇、ただ一度だけ体温を分かち合えた夜を思いだす。なにもかもが甘美だった時間。雪の森で過ごした愛しい日々が甦る。

「……っ……ん……っ」

「凌河、今度こそ正直に言おう。私が愛しているのは過去のおまえではない。今のおまえだ。今のヘタレで弱くて、ちょっとおバカで……でも必死に私を愛してくれる一途で純粋なおまえが……愛しくてかわいくてどうしようもない」

誓いを立てるように言われ、さらに胸が締めつけられた。

絵本に書いてあったとおりだ。やはり彼は自分を愛してくれていた。

けれど、知ってる、とは言わなかった。絵本に書いてあったからわかっていたとは……。

「いいの？　本当に今の俺で」

「私も過去の私じゃない。人間だったころの私と過去のおまえはちょうどいい相性だったが、それから雪豹の王として生きてきた歳月のなかで、私も昔とはずいぶん変わった。きっと過去のおまえは、今の私を愛さないだろうし、今、過去のおまえと会っても、私は惹かれたりはしなかっただろう」

「じゃあ、本当に俺のことが好きなの？」

何度も言って欲しくてしつこく問いかけてしまう。これは夢じゃない、夢ではないのだ……と確かめずにはいられない。彼が生きていて、この先、ずっと自分のそばにいてくれる。それが現実なのだと、もっともっと実感せずにはいられないのだ。

「当たり前じゃないか。消滅しても後悔しない。そう思うほどおまえが愛しくてどうしようもないよ。スケートをやめても花嫁にしたいと思うほど」

ああ、本当に彼は自分のところにきてくれたのだ。冬の女神が彼を解放し、凌河のもとに送り出してくれたのだ。その事実がじわじわとようやく身体の奥底で実感できるようになった。

「ずっと夢だった。同じ生き物となっておまえを抱きしめるのが。どれほど……どれほど夢見てきたことか」

その刹那、どっと凌河の眸から涙があふれてくる。

「バカ、氷点下で泣くと、凍ってしまうじゃないか」

サーシャは手袋をとって凌河の涙をぬぐうと、今度は彼のコートの毛皮で覆うようにして、その胸のなかで抱きしめてくれた。

頭上からはしんしんと雪が降っている。森のときのように、けれど森とは違う。ここには、明るい街の喧騒や車の音があり、人々がいる。

この人がもうひとりぼっちでなければそれでいい。どこでも、ここでも森でも。

「俺も……ずっと夢だった。あなたがひとりぼっちじゃない世界にもどってこられるのが。だからうれしい。どんなあなたでもいいんだけど、あなたがそうしたいと望んでくれるのなら、これから毎晩あなたと一緒に眠りたい」

凌河はそう言って、雪の降る中、サーシャの胸に顔をうずめた。

「また夜だけ雪豹にもどっても、それでも私を愛してくれるのか」

「もちろんだよ。俺、雪豹のあなたに包まれて眠るの、大好きだから」

「私もおまえを抱いて眠るのが大好きだ。ではこれから、昼は私がおまえのコーチをして、夜は雪豹になって一緒に眠ろう」

「でも人間のあなたともちゃんと身体もつなぐつもりだよ」

「もちろんだ」

優しいぬくもり。これからはずっとこのぬくもりに触れていられる。そう思うと、また涙が出てきた。凍ってしまうかもしれないのに、どくどくと涙が流れてきて止まらない。

空には虹色のオーロラが垂れこめている。

美しく綺麗な光のカーテン。

ああ、冬の女神に祝福され、自分とサーシャさまはこれからずっと一緒にいられるのだ。

見ていてください、冬の女神さま。俺、がんばりますから。なにがあってもこの人と一緒にいられるように、最高のスケーターになりますから。

そう強く誓いながら、凌河は体内で雪豹が果てる瞬間まで、幸福と心地よい喜びに酔い続けた。

明日からまたサーシャの恐ろしいレッスンが始まることなど知らずに。オリンピックに出るまで、地獄の特訓があることなどまったく予想もせずに。

あとがき

こんにちは。このたびは本書をお手にとって頂き、ありがとうございます。

今回は、大好きなロシアを舞台に「雪の女王」的なエッセンスを入れ、大好きなもふもふと、大好きなフィギュアスケートを組み合わせたメルヘン風のお伽噺に挑戦しました。

主役は「雪の森でしか生きられない麗しの雪豹の王さまサーシャ」と「彼にスケートを教わるヘタレフィギュアスケーターの凌河くん」です。

甘くて、ちょっと切なくて、けっこうはちゃめちゃで、それでいてふわふわとした雰囲気を目指しましたが、いかがでしょうか?

フィギュアスケートは……お稽古事の範疇《はんちゅう》ですが、ほんのちょっとだけ習っていたことがあります。多分、クローゼットのどこかに、今も選手用の靴が残っているはずです。コスチュームは母が犬の服に作り替えてしまったのでもうありませんが。

凌河の怪我に関しては、いろいろと脚色しましたが、私自身が経験したことのある怪我をベースにしました。この怪我をすると、ひざがぐらぐらするんですよね。

あ、それとは別のものですが、一度、スピンを練習していた友人のエッジが、ジャンプの着地をした私の右膝に思い切り突き刺さり、身体ごと吹っ飛んでいって怪我をしたことがありました。そのときは消毒薬をぶっかけて絆創膏《ばんそうこう》を貼られて練習再開って感じでしたが、吹っ飛んだときにむち打ちになってしまったらしく、翌日からの修学旅行……首が動かせなくてかなりきつかったことを記憶しています。

家庭の事情や受験等の兼ね合いでスケートを続けることはできず、その後は観戦中心になりました。観客としては十代のときから今まで……かなり年季の入ったスケートオタクということになります。

そんな長年のオタク生活で得たものをベースに、今年はスケートものを幾つか書きました。こちらはそのうちのひとつです。といってもスケート中心のスポーツものではなく、もふもふの王さまとの恋がメインで、ふたりが幸せになるためにスケートが絡んでくるというお話なんですが……ロシアの森とスケートを含め、ふたりのメルヘンな恋物語を楽しんで頂けましたら幸いです。

小椋ムク先生、ご多忙な中、とっても素敵なイラストをありがとうございました。小椋先生の描くふわふわの雪豹とスケート選手が見られるなんてとっても幸せです。心底嬉しいです。担当様、二度ほど体調を崩してしまい、ご迷惑をおかけしてすみませんでした。もう少し生活を改善しなければと反省しておりますので、これからもどうぞよろしくお願いします。

ここまでお読み下さった皆様、本当にありがとうございます。なにか一言でも感想を頂けましたら幸せです。またどこかでお会いできますことを祈って。

初出一覧

雪豹と運命の恋人　/書き下ろし

B♥PRINCE
http://b-prince.com

B-PRINCE文庫をお買い上げいただきありがとうございます。
先生へのファンレターはこちらにお送りください。

〒102-8584
東京都千代田区富士見1-8-19
株式会社KADOKAWA　アスキー·メディアワークス
B-PRINCE文庫　編集部

雪《ユキ》豹《ヒョウ》と運《うん》命《めい》の恋《こい》人《びと》

発行　2015年12月7日　初版発行

著者｜華藤えれな
©2015 Elena Katoh

発行者｜塚田正晃

プロデュース｜アスキー・メディアワークス
〒102-8584　東京都千代田区富士見1-8-19
☎03-5216-8377（編集）
☎03-3238-1854（営業）

発行｜株式会社KADOKAWA
〒102-8177　東京都千代田区富士見2-13-3

印刷｜株式会社暁印刷

製本｜株式会社ビルディング・ブックセンター

小社ホームページ　http://www.kadokawa.co.jp/

Printed in Japan
ISBN978-4-04-865524-8 C0193